自由之丘
六分儀咖啡館2
～回憶中的香料滋味～
中村　一
HAJIME NAKAMURA

自由之丘六分儀咖啡館2

～回憶中的香料滋味～

CONTENTS

自由之丘六分儀咖啡館2

～回憶中的香料滋味～

中村 一

HAJIME NAKAMURA

輕文學
Light Literature

那間咖啡館裡，有個奇特的置物架。

平淡無奇的橡木層板占據了店內最寬廣的牆面。

然而，擺設於上方的，既不是觀葉植物，也不是常見的裝飾藝術品。

而是比如說筆蓋閃爍著光芒的華麗鋼筆、或者是用紙做成的精緻房屋模型、牛皮革材質的筆記本、錶面玻璃有著偌大裂痕的手錶……說穿了，就是完全沒有一致性。再說，這些東西本來就不是這間咖啡館的所有物。

擺在這裡的，全都是「禮物」。

但是，並沒有受贈者的名字。

也就是說，這些禮物既不是任何人的東西，也可能是任何人的東西。

來到這間咖啡館的人，若是在這個置物架上看見喜歡的東西，可以視為「不具名的陌生人特意為自己準備的禮物」，並將它帶走。

但是，只有一件事，是大家默許的潛規則。

接受禮物的人，必須要準備價值相等的物品，做為贈予某個人的禮物，留在置物架上。

這並不是指金額或社會上的價值，而是當事人依據自己的價值觀所做出的「等價交換」。

如此這般，這些禮物伴隨著回憶與情感，一語不發地陳列在咖啡館的置物架上。

這間咖啡館，是間等候室。

禮物等候著與人的邂逅，而人也等候著與禮物的相逢。

偶爾，禮物會將人與人聯繫在一起。

「六分儀咖啡館」。

這家店名有點奇特的咖啡館，今天也悄然佇立於東京自由之丘，熊野神社參拜步道旁的小巷子裡。

第1章
回憶中的香料滋味

「啊……是流星。」

她在自家中，手肘靠著桌面，遙望著窗外。原本頭痛欲裂的她躺到床上休息，卻因為輾轉難眠而起身坐在桌前，漆黑的房間讓她恰巧看見了劃過夜空的微弱光芒軌跡。

「嘿嘿，我要告訴他這件事。」

她反射性地將手伸向了桌上的手機，卻在這時忽然停下。

「咦……啊！」

倏然一陣劇烈的頭痛襲來，手中的手機也跟著滑落地面。她將額頭緊貼在桌緣，痛苦地閉起雙眼，吸吐著微弱的氣息，靜靜等待痛楚退去。經過了一段如永恆般漫長的時間後，她終於能夠抬起頭，自由地活動身體。她緩緩地走向床邊，喝了幾口擺在床邊桌上的杯水後，再度躺回了床上。

「我這是……想要告訴誰呢……」

我是打算要把什麼事告訴什麼人呢？頭部一陣抽痛再度讓她痛苦地皺起了臉龐。她做了一個深呼吸，微微地睜開濕潤的雙眸，看見掉落在地板上的折疊式手機。雖然周遭的好友總是頻頻地建議她換成智慧型手機，但她沒有把握自己能夠靈活地操作。況且，對她來說，有這支手機就已經相當足夠了。

不過，不必要的時候她總是習慣關機。因為從好幾個月前開始，她就會莫名收到電話簿裡沒有的陌生號碼傳來令人不舒服的簡訊。

「我不是可疑的人」、「我想見妳」、「我有話要對妳說」……

雖然不至於一天到晚頻繁地傳來，但也從來不曾間斷。即使間隔再久，一週至少也會傳來一封。就算她和家人及好友商量過這件事，他們也只會說：「應該是垃圾簡訊吧。」而完全不當成一回事。確實，除了傳簡訊以外，對方並沒有做出糾纏或騷擾這種跟蹤狂會做的事。其實只要把對方的號碼加入黑名單就可以解決了，但她卻因為某個原因而遲遲無法這麼做。

她撫著疼痛的頭在床裡翻了個身，感覺右手碰到了什麼。睜開眼一看，是一本筆記本。她漫不經心地翻著內頁，裡面有著幾張素描和像是臨時想到的片段字句。她悄然地吸了一口氣，瞇起雙眼，小心翼翼翻到了某一頁。

那一頁的素描裡畫著一間咖啡簡餐店的店內景象，L型吧檯上陳列著各式各樣的咖啡用具，牆面上則不曉得為什麼掛著數不清的面具。這張素描的空白處草草地寫上了「沙龍、面具、健力士」以及「遙遠的航海家」，右下方則是標記了「20XX.07.14」的日期。

「……這果然是我的字。」

她感到難以理解，在整本筆記本裡為什麼自己唯獨對這一頁沒有任何記憶。這毫無疑問是自己的畫和字跡，她卻完全不記得內容，無論看了幾次也想不起來。

當她第一次發現這一頁時，只有感到些許的不協調。因為她一天下來少則一頁，多則五頁，一定會留下一些塗鴉或素描。像這樣用圖畫填滿所有頁數的同款式筆記本已經有將近十本，所以當她發現這一頁時，也只認為是記憶之海裡的其中一個片段。

直到她收到那一封簡訊為止。

她帶著緩慢的動作滑下床，撿起地板上的手機。接著，打開了收件匣，在陌生號碼傳來的簡訊紀錄中來回翻找後，停留在其中一則簡訊上。那則簡訊如此寫道：

「致遙遠的航海家……通訊，已經中斷了嗎？」

＊　＊　＊　＊　＊

四月的第二週，星期日。

吉川知磨要到六分儀咖啡館打工，所以在自由之丘車站下車。

今天的班表不是從開店時間，而是從午餐時段開始。現在時間還在十二點以前，她穿越正面出口的驗票口，站前的圓環附近早已聚集了人潮而熱鬧不已。

知磨今天穿的是充滿春天氣息的粉色系附有珍珠裝飾的襯衫，配上小碎花圖樣的A字裙，腳上則踩著絨質高跟鞋。臉上的妝是不會讓人感覺草率的自然妝容，而明亮的蓬鬆秀髮則在及肩處繫起。

知磨停下腳步，大大地深呼吸一口氣，將春天的朝氣和這條歡樂街道上的喧囂聲一同吸進了胸口後，心滿意足地邁開步伐。

這時，一旁傳來的搭話聲，讓知磨慌張地停下腳步。

「那個，不好意思……」

「什麼事？」

知磨回過頭一看，發現一名駝背、拄著拐杖的老婆婆正抬頭望著知磨。

「我呀，有個認識的朋友在這邊開了間店，我想去他的店但不知道該往哪走……妳知道怎麼走嗎？」

老婆婆似乎患有重聽，嗓門相當大。知磨稍微彎下了腰，貼近了老婆婆的耳邊。

「那麼，請問是什麼樣的店呢？」

「嗯？啊啊，好像是一間占卜的店。」

「占、占卜的店嗎？」

知磨拚命地在記憶裡搜索，卻想不到相關的有用情報。很可惜，這家店並不在知磨所知的範疇內。況且，知磨也不是這個城鎮的居民，她只不過是個會在週末到自由之丘打工的平凡大學女生罷了。

「不好意思，我也不是很清楚，那邊有一間派出所……」

知磨指向售票機的對面，老婆婆的視線也順著知磨手指的方向望過去。雖然覺得很洩氣，但知磨至少能夠帶老婆婆到派出所。她輕輕扶著老婆婆的背，就在這個時候——

「您好！有什麼需要幫忙的嗎？如果不介意的話，我可以協助您！」

知磨驚訝地抬起頭，眼前站著一位穿著華麗制服的女孩。純白色的襯衫上繫著暗紅色的領帶，搭配米黃色的背心，頭上戴著一頂帽子，手中抱著貼滿便利貼和標籤的資料夾。

「我是自由之丘的禮賓大使！來為您介紹這個城鎮！」

穿著制服的女孩露出了迷人的虎牙，爽朗地笑著說道。

「啊，那個……這位老婆婆在找一間占卜店……」

知磨雖然感到有些錯愕，但還是向她說明了事情原委。女孩接著向老婆婆詢問了兩、三個問題後，似乎馬上就知道老婆婆想找的店家了。

「包在我身上！」

她如花朵綻放般露出了笑容，翻開手中的資料夾。抽出一張印有地圖的影印紙，再從皮革製的斜肩包裡抽出紅色的原子筆，在地圖上開始書寫。

「這裡是現在我們所在的位置！在這個銀行的轉角轉彎以後，直直走就會看到平交道，穿越鐵軌再經過便利商店，左手邊會看到一棟藍色的建築物，那應該就是您在尋找的店了！牆壁上還畫著天使，應該很明顯……啊，婆婆，不然我跟您一起去吧？」

老婆婆盯著地圖看了好一會兒後，旋即臉上堆滿了笑容。

「哎呀，謝謝妳，我自己應該去得了……小姐們，謝謝妳們了。」

「別客氣，婆婆！路上小心。要是有其他需要幫忙的地方，不要客氣儘管告訴其他禮賓大使喔。」

女孩朝氣蓬勃地一鞠躬後，笑容滿面地目送老婆婆離去。

「……好厲害喔，只是問了幾個問題，馬上就知道是哪間店了。」

知磨吃驚地說道。女孩害臊地笑了，可愛的及肩頭髮微微晃動著。

「謝謝誇獎，因為我們的目標是要成為『不輸給智慧型手機的引導員』！」

「是指自由之丘的……禮賓大使嗎？」

「是的，我們還有個別名叫做『引導小天使』！」

「引導小天使？」

看見知磨露出困惑的神情，女孩的臉上又堆滿了笑容。

「這個名字源自於法文的『Ses Anges』！原意是指『她的天使們』，妳覺得這個『她』指的是誰呢？」

知磨望著女孩指向的站前圓環，不禁揚起了語調。

「難道是指那個女神像嗎？哇，好棒喔！」

女孩開心得點頭如搗蒜，雙手再次抱緊了胸前的資料夾。知磨看著女孩的舉動，心情跟著好起來，也更想了解眼前的女孩。

「對了，那妳也很了解咖啡館嗎？比方說，熊野神社旁有一間——」

「妳是說六分儀嗎？我當然知道！那裡的咖啡歐蕾非常好喝！而且，店裡面還有一個特別的置物架。」

「答對了，好厲害喔。」

「我非常擅長咖啡館這一個領域喔，只要一有空就會到處去逛逛，掌握最新資訊！有什麼問題都可以問我喔。」

知磨對女孩的回覆感到既期待又雀躍不已，當她的視線恰巧停留在一旁的時鐘上時，不禁大驚失色。

「啊，糟糕，我要遲到了。」

知磨一個人慌張了一會兒後，連忙向女孩點頭示意。

「謝謝妳的幫忙，不好意思，我急著趕去打工地點，先離開了。下次有機會再跟妳好好聊聊。」

「好的，路上小心！我下個禮拜的同一時間還會出現在這裡！」

虎牙少女帶著爽朗的笑容目送知磨離去，知磨拋開有點依依不捨的心情，邁開步伐。

平時知磨會先經過自由之丘百貨，繞到春川咖啡和綾香及阿純打個招呼。但很遺憾，今天她並沒有這種閒情逸致。她踏進人煙稀少的巷弄往北走，走到了山坡街（Hillside Street）上。穿越了石造鳥居後，走進參拜步道右手方的岔路。旋即，一家店驀地出現在眼前。

「六分儀咖啡館」。

掛置在店門口上方的雅致招牌上如此刻著。

外觀看起來略大的獨棟房屋。二樓是一般住家，一樓則是店面；店門口擺放著觀葉植物的花盆和置於三角架上的菜單看板。

知磨毫不猶豫地推開門，溜進店內。

吧檯邊的坐席有五張，桌椅組的座位僅有六組。以深棕色為基調打造出復古的裝潢，室內從容的氛圍，與其說是咖啡館，不如說是「小茶館」更為合適。

占據了吧檯最右邊的坐席，原本背對著知磨持續敲打著筆記型電腦鍵盤的男子停下了手邊的工作，從椅子上站起身。他身上穿著從頭到腳一身純白的廚師裝，略短的黑髮，加上微微上揚的眼角。他的名字是綱島拓，是這家店的廚師，同時，也是一名作家。

比一般人略為高大的阿拓，俯視著比一般人略為嬌小的知磨，這個畫面簡直像是大人和小孩的組合。

「妳的臉上寫著『我剛剛幫助了路人，所以遲到了。』」

「……咦？阿拓，你怎麼會知——」

知磨難掩吃驚，正想開口詢問時，阿拓的嘴角揚起了一抹冷笑。

「不，等等。仔細一看又像是『被外星人抓去做人體實驗』喔，如果是妳的話，感覺兩種情況都有可能發生……不過，不管是什麼情況——」

阿拓打住了話，瞄了牆上的掛鐘一眼。

「都改變不了妳遲到的事實。」

「……雖然只有短短的一瞬間，但我還真氣自己竟然會有所期待啊。」

知磨以往都會帶著有點忿忿不平的神色撇過頭，今天卻朝向阿拓低下了頭。

「我不會找藉口，我遲到了，很抱歉。」

本以為知磨會像平時那樣得意地辯駁，但她今天卻老實地承認自己的錯誤，這反倒讓阿拓感到有些錯愕，正當他愣在原地時，休息室的門被推開了。

「早啊，小知。」

走進大廳的是另一名身型高眺的男子，身材纖弱了些許，但肩膀很寬。白色的襯衫配上卡其褲，腰間則是繫著服務生款式的黑色圍裙。

整理得很俐落的柔順毛髮，任誰看來都覺得相當清爽。以男性來說略長的睫毛襯托出他溫柔的雙眼，然而，那雙眼眸中卻漾著透徹且深不見底的冷冽。

他的名字叫做祐天寺日高，是這間六分儀咖啡館的店長。這家店提供的咖啡，舉凡挑選生豆、烘焙、調合、沖泡，都由他一手包辦。

「店長，早安。」

知磨雖然打了招呼，卻還是微微低著頭，而阿拓則是呈現不自在的舉動。日高看著兩人，似乎察覺到了什麼，他微微歪過頭，帶著有點調侃的口吻說道：

「咦？怎麼了？阿拓又在欺負小知了嗎？」

「喂，日高。你那說法聽起來很像是我的錯啊，正好相反吧，明明是這個矮冬瓜老是在找我的碴……」

「阿拓你真是個不可取的大人，為了懲罰你，我決定要扣你的薪水，然後補貼在小知的打工薪水上。」

「慢著！這家店的財務管理是誰在負責的？你說說看啊！」

面對不禁拉高嗓門的阿拓，日高愣了好一會兒後，才雙手一拍臉上露出「現在才注意到」的神情。

「啊，說得也是……阿拓可是這家店的棟梁呢。一直以來，謝謝你了。」

突然被這麼直截了當地道謝，讓阿拓措手不及。平常的日高是不會錯過任何可以調侃他的機會，這下反而讓阿拓支吾其辭，視線游移不定。日高眼角的餘光看見了阿拓的反應後，更進一步地表達了感謝之意。

「如果只有我一個人經營六分儀的話，鐵定撐不久。多虧阿拓在我身邊，給予我各方面的支持，我才能毫無顧忌地專注在沖泡咖啡這件事上。」

最後，日高露出了爽朗的笑容。

「阿拓，今後也請多多指教囉。為了能讓我專注於泡咖啡，其他種種的事情還要請你多幫忙了。」

「也就是說，『麻煩的事全都交給你去做』嗎……」

「阿拓你真是的，怎麼可以這樣曲解店長對你的愛呢！真不敢相信。」

知磨皺起眉頭，日高也跟著附和。

「就是說啊，我這麼喜歡阿拓，他卻是這種反應，真是太過分了……所以，果然還是得扣薪水吧。」

「煩死了！」

阿拓終於發現這段對話跟平時沒什麼兩樣，感到相當氣憤，而日高只是在一旁笑咪咪的。看著這兩個三十幾歲的男人你一言我一語的，不禁讓知磨噗嗤一笑。

「店長，沒關係啦。都是因為我遲到害的，很抱歉。」

「說是遲到，但也就晚到幾分鐘而已吧？阿拓為了這麼一點小事就要生氣嗎？難道這表示阿拓想要早一點見到小知嗎？」

「怎麼可能！」

「阿拓真囉嗦啊……遲到有什麼關係，反正從剛剛到現在都還沒有客人上門，會有什麼不妥嗎？」

「我都說了好幾次，你就不能稍微有一點身為這家店經營者的自覺嗎！」

這時，阿拓將即將爆發的情緒和話語吞下肚，深深嘆了一口氣。他轉過身，闔上了吧檯上的筆記型電腦並夾在腋下，將一旁的廚師帽戴到了頭上，朝廚房的方向前進，彷彿像是在說：「毫無意義的交談就到此為止。」

「啊，阿拓，我可以說一件事嗎？」

知磨喚住了他。

「……什麼事？」

他停下腳步，回過頭。知磨雙手環在胸前，帶著些許沉痛的神色說道：

「剛剛你說的『被外星人抓去』……這個梗不管怎麼說還是太老派了，有著濃濃的『昭和味』啊（註1）……絕對不要寫進小說裡喔！再好的氣氛都會前功盡棄……真的，拜託不要。」

知磨帶著懇求的眼神，特別在語尾加重了口氣。

「我才沒有義務非得聽妳的請求不可！」

本來想讓自己冷靜地走進廚房的阿拓，這下子全都功虧一簣了。

和日高說的話天差地遠，今天午餐時段出現了空前絕後的盛況。

熊野神社的周遭一帶，以附近主要街道的名稱被命名為「嘉德麗雅山坡區（Cattleya Hillside Area）」。或許是因為今天到這附近用餐的人特別多吧。

所有的桌椅座位都坐滿了客人，午間套餐的點餐單也接二連三地湧入，這讓負責廚房工作的阿拓負擔變得更大。中途開始知磨就將部分的外場工作交給日高，自己則是進廚房協助阿拓。雖然都是些微不足道的小事，但這每一件小事都能讓店裡的工作變得更加順遂，這也是她在這間店裡工作了一年所學習到的事物。

在這之後的一個小時左右，三個人都奔忙不已。

「……哎呀，突然變忙了呢。小知，辛苦了。」

午餐的尖峰時段一過，他們才終於有了一點空閒。日高一邊在吧檯內沖洗著杯子，一邊對知磨如此說道。知磨則是邊收拾餐具、擦拭桌面，邊微笑以對。阿拓也在整理大致告一個段落後，走到廚房門口，摘下廚師帽，抱著胳膊倚在牆邊。

「店長、阿拓，辛苦了。我們順利度過午餐時段了呢。」

「這才是一般餐飲店的正常情況吧。」

阿拓用鼻子冷哼了一聲。雖然他沒有用言詞表達，但似乎對於知磨的臨場應變能力沒有什麼要挑剔的。

「如果一整天下來都是門可羅雀的狀態，我看這間店也完了。」

「不過，那麼一來，阿拓的原稿會比較有進展吧？」

看見日高天真地笑著說道，阿拓不禁又嘆了一口氣。

「比起我的原稿，你應該要擔心這間店的營業額吧。」

這時，知磨戲謔地笑了。

「說得也是呢，就算阿拓的原稿很有進展，也有可能會整個被退件……」

「少說那種不吉利的話！」

「哎呀，阿拓你真是的，用不著突然臉色大變吧。」

註1：昭和年代為一九二六～一九八九年間。

「是啊，要是被退件的話，再重新寫別的故事就好了。」

知磨和日高用輕率的口吻說著「對吧？」同意彼此的說法，看見這一幕，阿拓的太陽穴旁冒出了青筋，咬牙切齒的聲音隱約可聞。他閉上雙眼，碎念著詛咒的話語。

「你們兩個……最好都被古今中外的作家怨念附身好了……」

然而，日高卻是一如往常地露出事不關己的態度。

「話雖如此，我還是比較喜歡客人分散一點呢。如果可以，我希望可以慢慢地用心沖泡每一杯咖啡。」

「說得也是，我也希望自己可以活潑、優雅、笑容可掬地在外場接待客人呢。一忙起來就會太過拚命而失去從容呀，不妥、不妥。」

知磨輕吐舌頭後，像是想起什麼似的，驚呼了一聲：「對了——」

「今天呀，我在自由之丘車站前，碰到了天使喔。」

「……天使？」

看見阿拓露出詫異的神情，知磨揚起了嘴角。

「沒錯，是女神派來的可愛天使喔。」

「難道是指引導小天使嗎？」

「哦，店長你知道嗎？」

「啊啊，妳是說禮賓大使那群人嗎？」
就連阿拓也知道。看來，不知道這件事的人似乎只有知磨一個。
日高貼心地補充說明：
「這個制度大約是在五年前設立，是由自由之丘商店街振興委員會和大學共同合作的計畫，據說契機是源自東京都開始推行的體感治安改善事業（註2）。」
「……大學？」
「有一所大學的校區就在這個城鎮的目黑路上，引導小天使都是那所學校的學生，好像每逢週日和國定假日就會出來活動。」
「這樣啊，那不就是——」
「都是跟小知年紀相仿的大學女生喔。試著跟她們聊聊，搞不好有機會成為好朋友呢，她們之中還有個女生偶爾會到我們店裡來……」
這時，門鈴聲響起，新的客人走進了店裡。
稍微有所鬆懈的知磨反射性地挺直腰桿，迅速換上笑容，上前招呼客人。

註2：為了讓民眾切身感受到治安的改善所推行的政策。

後。

「歡迎光臨，一位嗎？這邊請。」

這名男性顧客的身高和日高及阿拓相仿，但給人年紀更輕的感覺，目測大概是二十五歲前後。

一頭以髮蠟塑型過的俐落短髮、修剪整齊的眉毛與強勢的眼神，整個人散發著些許神經質的氛圍。

男子在知磨的引領下，坐進桌椅座位，緩緩地翻開了菜單，像是要望穿菜單般仔細凝視著每一個細節。知磨遞上水杯和濕毛巾後，等待男子開口點餐，男子抬起了頭，如此問道：

「花式咖啡的種類就只有這些嗎……」

「這一頁上的花式咖啡都是基本菜單，如果您有特殊需求的話，我可以代為告知店長。」

知磨笑著回答，男子也跟著笑了。

「是嗎。不用麻煩了，沒關係。原來不是每間店都有的啊……」

男子小聲地呢喃道，旋即像是重振精神般抬頭望向知磨。

「那就給我一杯六分儀特調吧。」

「好的，我明白了。」

知磨向日高轉達完點餐的內容後，在吧檯旁悄悄地觀察那名男客人。就算已經點完了餐點，男子的視線還是沒有離開過菜單。他的視線在菜單上來回移動，似乎是確信了上頭沒有他要找的項目般，他深深地嘆了一口氣，悄然地將菜單立回桌子的一旁。

知磨將日高沖泡好的六分儀特調端到了男子的面前後，雙手將托盤抱在胸前，純粹出於好奇心，開口向男子問道：

「您在找什麼嗎？」

「呃，是啊……不過，應該是只有沙龍才有的菜單吧……」

男子心不在焉地回答，「沙龍」這個名詞則在知磨的腦海中揮之不去。

她等待了一會兒後，發現男子似乎沒有打算告訴她那個菜單的事。正當她打算放棄時，男子的視線落到了牆邊，他帶著和剛才不同的口吻問道：

「對了，那個置物架上的東西是什麼？」

總算讓知磨等到了這個問題，她開始向男子說明：

「置物架上的所有東西都是『禮物』喔。只要看見喜歡的東西，都可以帶走，只是，有一個條件。」

聽完等價交換的規則後，男子感到有些驚奇，他將視線移回知磨的身上。

「好棒喔，妳也交換了禮物嗎？」

她已經不是第一次被問這個問題了，知磨眼神柔和的望向置物架上一座繫著水藍色蝴蝶結、和圓形蛋糕差不多大小的房屋模型。

「是的，雖然過程有些迂迴曲折……『禮物』會將人與人聯繫在一起。」

男子望著知磨，彷彿感到刺眼般瞇起了雙眼。接著，再度將視線移回了手中的咖啡杯裡搖晃的黑色表面上，低聲說道：

「我並不討厭這種等價交換的規則呢。畢竟，人生沒有辦法總是只截取好的那一部分啊。然而……」

接續在這之後的話語，過於微小、過於沉重。

「……若是失去了絕對找不到第二樣同等價值的寶貴事物的話……那該怎麼做才好呢……」

知磨不知如何以對，但她也不覺得可以用普通的言辭予以回應。所以，她告訴自己，在這種情況下，假裝沒有聽見男子的喃喃自語並轉移話題才是正確之道。

「那個……您剛才提到的菜單，是有著什麼樣的回憶嗎？」

男子像是回過神般抬起了頭，露出些許躊躇的神色後，點了點頭。

「我以前常去的店結束營業了，但是，因為發生了一些事，所以我一直無法完全死心……想說相似的店裡或許會有一樣的菜單也說不定，因此漫無目的地尋找著。」

「您來到六分儀……來到這間店是碰巧的嗎？」

「是有人告訴我這間店，就是……該怎麼說，車站前那些穿著制服的女孩。」

男子取出了一張印有地圖的影印紙，上面以紅色原子筆標記了六分儀和其他的咖啡館。

「啊，是引導小天使吧。」

知磨不禁綻開了笑容。

「我今天也受到了她們的幫助喔，她們很厲害呢。」

「告訴我這間店的女孩說，她擅長的領域不是咖啡館而是雜貨小店呢。」

也就是說，和今天早上幫助知磨的引導小天使是不同人吧。但是，對方會介紹六分儀這件事讓她感到非常高興，忍不住開口說道：

「我知道有一個擅長咖啡館領域的引導小天使喔，她說下個禮拜也會出現在車站前，不如去問問她吧？我相信她一定能夠提供您有用的資訊。」

男子露出些許詫異的神色，旋即掛上了一抹苦笑。

「那個女孩叫什麼名字呢？」

貿然開口的知磨這才發現了一件嚴重的問題。

「……呃……我只知道她的長相，笑的時候會露出虎牙，是一個很可愛又很有朝氣的女孩。」

「是我一眼就能認出來的長相嗎？」

經過了幾秒鐘的沉默以後，知磨握緊了胸前的托盤，露出了笑容。

「那麼，下個星期日的十二點前，我們約在自由之丘車站正面出口的驗票口前見面吧，我介紹那個女孩給您認識。」

這一整天，阿拓的神色都相當不悅。他似乎聽見了知磨和男子的對話，就連做著打烊工作的時候也不斷地碎念。

「妳到底是在想什麼啊？」

反覆被責備了好幾次後，知磨忍不住帶著尖銳的語氣反駁。

「幫助有困難的人哪裡不對了？」

「就算要幫助人也有很多種方式吧。妳也稍微思考一下對方的情況或是否會造成對方的困擾啊。」

「我下個禮拜也會來上班，只不過是在上班前把引導小天使介紹給他認識而已呀。」

「就算這樣，突然跟初次見面的客人約好要見面……」

「梶谷先生人很好。」

那名男客人的名字叫做梶谷亮介。

「只是簡短地聊了幾句就能判斷對方是『好人』嗎……真讓人傻眼。」

阿拓似乎從頭到尾都不認同知磨的做法，知磨雖然不能理解阿拓的想法，但內心某處卻也是這麼想著。

如果知磨把這件事告訴大學的女生朋友們，她們會有什麼反應呢？很遺憾，知磨可以輕易地想像到肯定不會有什麼好臉色，這是她活了二十年以來學到的經驗。即使她說出了最貼近自己真實感覺的價值觀，通常也得不到同性的贊同。因此，她自然地學會了根據不同的時間、場合，使用以最普通的一般論點為基礎，枯燥乏味的處事方法。

「唉……阿拓真是死腦筋耶。」

雖然她對於同性友人的反應早已習以為常，但為什麼一旦對象換成了阿拓，相同的反應卻會讓她感到如此疲憊無力呢？知磨雖然沒有將情緒表現在臉上，但沉重的心情讓她不禁微微地嘆了一口氣。

這時，結算完營業額的日高抬起頭，朝著阿拓笑咪咪地說道：

「有什麼關係，阿拓就是太古板了，你剛剛說話的方式好像昭和年代的父親啊。」

拖把才剛放到地板上，阿拓像是反彈似地辯駁：

「我才不想被你這個貨真價實的『昭和年代的父親』這麼說！」

日高有兩個孩子，一個是名為凜的十歲女兒，一個則是名為悠人的六歲兒子。但他已經和妻子離婚，孩子的撫養權也不在他手上。

「那　點小事又沒什麼大不了……對吧，小知？」

聽見日高這麼說，知磨才意識到自己的價值觀並不全然錯誤，感受到前所未有的平靜。她像是得到救贖似地笑著回應：

「是呀，阿拓你也應該具備符合現代的價值觀，否則，讀者會因為你太過『老氣』而拋棄你哦，老古板的戀愛小說太令人難過了。」

「妳到底在說什麼蠢話啊！」

霎時，阿拓的大嗓門響徹了整間六分儀。

*

一週後的星期日。

知磨依照約定的時間，在自由之丘車站前和梶谷亮介碰面。

亮介高大的身型在人群之中也分外地突出，他緊盯著右手中的智慧型手機，接著抬頭望向天空，視線飄移不定。他看起來不像是在尋找要赴約的對象，反而更像是在等待著什麼東西從天而降。

「梶谷先生，早安。」

知磨悄悄地湊到他的身旁，向他搭話。亮介像是受到驚嚇回過了頭，連忙恢復鎮定。

「嗨……不好意思，讓妳跑這一趟。」

「我才要道歉呢，硬是約了您出來。在那之後，我被阿拓……店裡的同事狠狠地教訓了一頓，他說我這樣太貿然了。」

看見垂頭喪氣的知磨，亮介略帶歉意地露出了苦笑。

「別這麼說，我反而很感謝妳呢。讓妳陪我做這種莫名其妙的事……真抱歉。」

他陰鬱的表情和自嘲的口吻讓知磨感到胸口一陣刺痛，因此她盡可能以開朗的語調說道：

「不會、不會，話說回來，您剛剛在找什麼嗎？」

「為什麼這麼問？」

「因為我看到您在手機螢幕上和空中像這樣來回……」

看見知磨的肢體動作，亮介輕輕地笑了。

「啊啊，這有點像是職業病啦，我在測試天線。」

「天線就是那個天線嗎？」

「是呀，我正在發射手機的電波。」

亮介有些得意地將手中的手機遞給知磨看。

「這裡面安裝了專用的應用程式，可以偵測到電波的接收狀況。」

「是喔，好厲害喔。那麼，您是在手機公司工作嗎？」

「我的工作是設置和管理基地台……就算是放假時在路上閒晃，也會很在意電波。只要看見別家公司的天線，就習慣開始找自家公司的天線在哪裡……城鎮，就跟生物一樣；城鎮改變了，人就會聚集過來，過去使用的基地台也會逐漸不堪負荷，所以基地台可不是設置完就沒事的設備哦。」

看見亮介開心地滔滔不絕說著自己的工作，知磨更加確信他是一個認真的好人。她在心中向老是板著臉孔的阿拓輕吐了舌頭後，朝著眼前的亮介露出了笑容。

「走吧，我們去找那位很熟悉咖啡館的引導小天使。」

「您好！上次有趕上打工嗎？」

突然被身旁的人搭話，知磨嚇得差點跳起來。

「呀……啊，找到了、找到了。」

身穿華麗制服的女孩看見知磨又驚又喜的模樣，覺得有趣地笑了。從她微笑的嘴角可以看見迷人的虎牙。她抬頭瞄了知磨身旁的亮介一眼，用手指調整好米黃色帽子的位置後，向知磨問道：

「今天是來約會的嗎？」

經過幾秒的沉默，街上的喧囂聲越來越大。亮介輕咳了幾聲後，才讓知磨回過了神。

「不、不是啦。我待會還要去打工……對了，這位是梶谷先生，他正在找有關咖啡館的資訊，我想說可以介紹引導小天使給他……然後，妳之前說很了解咖啡館，所以……」

知磨不得要領的凌亂陳述方式，讓身穿制服的女孩立刻露出困惑的神情，一旁的亮介立刻開口說：

「妳好，敝姓梶谷。其實，我正在找會有某種花式咖啡的咖啡簡餐店……」

女孩轉向亮介點了點頭後，翻開手中資料夾的封面，抽出了一張印有地圖的紙張。

「妳知道一間叫做『Clarinet』的店嗎？」

亮介突然這麼一問，女孩馬上露出了笑容。

「我知道！從這個圓環走到白樺路後馬上就會看到對吧。只是，我記得那間店已經——」

「……嗯，去年秋天的時候結束營業了。」

「是的，我也去過好幾次！大概是一年前左右對吧？店長的身體狀況越變越差……」

「是啊。」

亮介一臉知情點了點頭，知磨想要仔細聆聽兩個人的對話，但她還是退了半步。

雖然亮介說是「莫名其妙的事」，但他的神情格外地認真。想必那杯花式咖啡對他來說一定非常貴重。

知磨很在意後續，但她的任務已經完成了。她依照當初的目的，順利地讓兩人見到面。

知磨吸了一口氣，看準了對話之間的空隙，插口說道：

「那個，我接下來要去打工，那我就先離開了。」

亮介轉過頭向她道謝：

「謝謝妳幫了我這個忙。」

「不會，希望您能找到您在找的東西。那麼，我就先走一步了。」

知磨點頭示意後，正打算踏出步伐時，被一個聲音喚住。

「等一下！」

穿著制服的女孩帶著些許羞怯的神情望著知磨，知磨則是有些忐忑不安地等待她的回應。

「我叫神田，神田繪美里。」

她露出潔白的虎牙笑著如此說道，知磨也跟著揚起嘴角。

「我是吉川知磨，週末的時候會在六分儀咖啡館打工。」

她們彼此相視微笑後，輕輕地揮了揮手。

「梶谷先生……還有繪美里，下次要再到六分儀來喔。」

「嗯，我一定會去！」

知磨自覺已經深深著迷於繪美里惹人疼愛的特質。最後，她向著兩人點頭示意。

「那就先這樣，再見。」

知磨轉過身，邁開了步伐。她看見時鐘上顯示的時間，稍微加快了腳步。她的視線一角，映入了女神像佇立於圓環中央的美麗身影。

＊＊＊＊＊

去年的夏季時分。

雖然已經是將近一年前的事了，那些記憶至今依然鮮明不已。

「小亮，你為什麼要去手機公司上班呀？」

坐在自由之丘綠街（Green Street）的長椅上，她一邊舔著手中的義式手工冰淇淋，一邊如此問道。

「怎麼突然這麼問？啊，難道妳父母又說了什麼嗎？」

「別這樣，不是的。」

「抱歉、抱歉，啊，難道是妳打算要開始找工作了嗎？」

「不是啦！單純好奇而已。」

「這樣啊，為什麼喔……」

他靠在椅背上，抬頭望著附近建築物屋頂上的天線。

「……妳聽了以後可不要笑喔。」

「咦？我才不會笑呢。」

他凝視了她的臉龐好一會兒後，緩緩地說道：

「我原本夢想要成為太空人。」

她睜大了雙眼。

「我覺得只要從事通信技術相關的工作，就能夠拓展前往宇宙的可能性。後來，我在大學對無線通信產生了興趣，所以選擇了可以將這個興趣活用在現實社會中的產業和企業。」

「好厲害……」

「妳知道離地球最遠的人造物體是什麼嗎？」

她一語不發地搖了搖頭。

「是NASA研發的無人太空探測飛行器──航海家一號，早在我們出生好幾十年前它就被發射到太空中，在回傳了木星和土星的觀測數據之後，現在依然穿梭在宇宙中。無論是向航海家下達指令，或是接收機體傳來的觀測數據，全都是仰賴通信技術才能辦到。」

「那它已經飛多遠了？」

「它現在已經飛離了太陽系，進入星際空間。簡單來說，大概是通信電波在單程的傳送時間上就要花上超過十七個小時的距離。」

她握著塑膠湯匙的手停在空中，陷入了沉默。

「嘿嘿……跟它相比，九州近多了呢。」

她笑著如此說道，但笑容中卻帶著些許的生硬。

他不假思索地反駁：

「那件事我還沒有做出決定啊，對方也只是先問問我的想法而已。」

「不過……如果小亮調職了，就可以做自己喜歡的工作了吧？」

「我沒有打算要離開這裡。」

她露出吃驚的神色，片刻後，帶著戲謔的笑容問道：

「……因為想跟我在一起？」

「對啊，不然還能有什麼理由。」

如此率直的回應讓她的臉頰瞬間染上一片潮紅，不一會兒，她便沉浸在這份優越感之中。

旋即，她又像是要掩飾自己的羞赧，仰望著天空說道：

「航海家孤單一人……會不會寂寞呢？」

這句話讓他想起了一望無際的浩瀚宇宙，他悄然地閉上雙眼。

「直到現在，它還持續和地球保持著聯繫，應該不會感到寂寞。」

為此，航海家上面通信用的天線總是一直朝著地球的方向。

但是，如果有一天，它無法調整天線的方向了呢？

「音訊全無」這個詞浮現在他的腦海裡，讓他的背脊感到一陣涼意。

彷彿是要擺脫這股沒來由的不安，他睜開雙眼，仰望天空。

「順帶一提……我現在也還沒有放棄要飛向宇宙的這個夢想。」

她一語不發地凝視著他。

「怎麼了？這種想法果然很奇怪嗎？」

「不是，我覺得小亮好厲害啊。不像我總是定不下來，而是有著明確的夢想……該怎麼說呢，感覺小亮也散發著電波呢。」

「什麼意思？」

看見他的苦笑，她連忙解釋道：

「認真努力的人不是都會散發出一種氣質嗎？我在想，那搞不好也是一種肉眼看不見的電波呢。而接收到那股電波的人就會不知不覺地被吸引住，我大概也是其中一人吧。」

她的臉龐上籠罩著些許的寂寞。

「妳不是也有個明確的目標，而且確實地朝著那個方向努力嗎？」

他如此說道，並將視線從她的身上移到了包包裡微微露出一角的筆記本。她口中含著義式手工冰淇淋的湯匙，一邊害臊地笑了。

「我這個人就是懶惰成性嘛，動不動就想要偷懶，真傷腦筋。」

「那麼，我就用我的電波發訊息給妳吧？叫妳：『不要偷懶！』」

「嘻嘻，那我得好好架起天線了呢。」

雖然他開了一個不太習慣的玩笑，但看見她露出笑容，總算是安心了一點。

如果，他真的擁有發送訊息的能力，就算和她分隔兩地，也沒什麼好擔心。因為他們可以時時刻刻感受到彼此的存在，感受到彼此緊緊相繫著。

就像是地球和遙遠彼方的航海家一樣。

在萬里無雲的蔚藍青空下，他這麼想著。

＊＊＊＊＊

知磨抵達了六分儀咖啡館後，馬上在桌椅座位看見了熟悉的身影。

「早安……啊，阿純，歡迎光臨。」

「嗨，知磨，妳來打工嗎？」

這名戴著眼鏡的青年叫做瀨戶川純，雖然他有著一張稚氣未褪的臉蛋，但他比知磨年長了兩歲。他現在在自由之丘百貨一樓的咖啡豆商店——春川咖啡裡工作，同時，他也是一名活躍的插畫家。過去他曾經在六分儀的置物架上交換了無可取代的寶貴「禮物」，知磨在場見證了事情的完整經過，對她來說，那是一段令人難忘的插曲。

「是的，今天的班表是從午餐時段前……」

知磨不禁啞然失色，然後不斷地用眼神示意阿純。

因為阿純的面前坐了一位陌生的女孩子，她穿著有領襯衫配上吊帶褲，沒有刻意化妝的臉龐上有著端正的五官和黑白分明的澄淨眼眸。

阿純似乎注意到知磨的猜疑，無奈地笑了。

「呃，嗯，這是我認識的人。」

阿純支吾其辭，女孩子默默地露出微笑。兩人之間的桌面上擺著各自的咖啡杯、素描簿和書寫用具，散發著關係要好的氛圍。

『花、花心是不好的行為，我要傳LINE告訴綾香。』

知磨的眼神如此說道。雖然內心有點動搖，但她還是馬上拿出了手機。阿純見狀，慌忙失措地從椅子上站了起來。

「慢著！知磨，不要衝動！不是那樣的！妳誤會了！」

「我誤會了什麼嗎？」

阿純慢慢逼近像是裝傻般別過視線的知磨。

「我知道妳想做什麼！妳想把這件事告訴綾香對吧！」

綾香是春川咖啡老闆的獨生女，和阿純是從高中時期就認識的冤家。在阿純交換完「禮物」後，兩人之間的距離一口氣縮短了許多，至少知磨是如此認為。

「……阿純你會這麼慌張，就代表……」

「不是的！我沒做什麼虧心事，只是萬一妳的陳述方式有個差錯的話，會讓誤會又添上了另一層誤會，最後鬧得一發不可收拾也說不定啊……我是擔心會發生這種事啊！」

「誤會是指什麼？」

知磨停下了輸入文字的手指，如此反問道，聲音中還充滿了警戒。阿純為了不要再繼續刺激她，像是在對待爆裂物般小心翼翼地緩緩說道：

「她是小我一歲的大學學妹……立志要成為圖畫書作家，所以希望從事繪畫工作的我給予她意見，我剛剛在跟她聊作品和這個業界的事情。」

小阿純一歲就代表比自己大了一歲，知磨一瞬間如此思考著，她將視線轉移到那位女孩子身上，觀察她的模樣。

原本只是悄悄話，卻因為兩人都過於激動，音量也越來越大。結果，他們的對話全被那女孩子聽得一清二楚。

「妳好，我是三島佐奈。」

將短髮像麻花辮一樣綁了起來的佐奈，察覺知磨的視線而露出微笑。她的右頰上浮現了一個可愛的酒窩，說話的腔調裡有著關西口音。

「歡迎光臨……呃，我是吉川知磨，應該可以說是阿純的朋友吧。」

「這樣呀，竟然認識這麼漂亮的女孩子，瀨戶川你還真是個不露聲色的花花公子。」

見佐奈調侃阿純，知磨才恢復了鎮定，她放下手中的手機，卸下警戒心。看見知磨這副模樣，阿純鬆了一口氣，還藉機反駁道：

「話說回來，知磨不是也和一個帥哥走在車站前嗎？那是妳男朋友嗎？」

因為知磨完全沒有料想到會被認識的人撞見，她過了好一會兒才注意到阿純指的是亮介。

「不、不是啦，你誤會了。他是我們店裡的客人，我只是在幫他找東西而已……」

「找東西？不是交換『禮物』嗎？」

阿純瞥了置物架一眼，沒頭沒腦地揚起語調。

「不是，他好像有一些難言之隱，正在找某一種咖啡……所以我就從中牽線，把很了解咖啡館的引導小天使介紹給他認識。」

知磨回想起身穿制服的繪美里露出的笑容，讓她的心又更平靜了一點。

「啊……說理解是能夠理解，畢竟我也曾經親身感受過知磨妳的那份溫柔……或說是無法放著有難的人不管的特質。」

阿純揚起溫柔的笑容如此說道。

在阿純和佐奈的咖啡杯都見底時，佐奈離開了座位，抱著一本小巧的素描簿，走到了站在吧檯旁的知磨身旁。

「知磨，這是我畫的圖畫書的草稿，妳願意看看嗎？我想聽聽妳的想法。」

「咦……可以嗎？」

「當然！」

看見佐奈露出半邊酒窩的笑容，知磨沒有理由拒絕。

「那我就看囉。」

知磨將雙手在圍裙的下襬上輕輕拍了拍，畢恭畢敬地接下素描簿，翻開了內頁。

紙上出現了以淡淡的色鉛筆繪製而成的可愛角色，知磨在看到的第一瞬間就發出驚嘆。

故事的主角是對雙胞胎狐狸，雖然牠們擁有相同的長相，個性卻截然不同。牠們在原野、深山、城鎮上展開了小小的冒險，是一篇讓人看完會覺得心底暖洋洋的故事。

由於讀者群設定為小朋友，翻了不超過二十次左右的頁數故事就結束了。即使如此，知磨仍被那溫柔的世界觀深深吸引，純粹地感到滿足。

「好棒喔，這只是草稿而已嗎？故事很完整呢，該怎麼說，雖然可能是很平淡無奇的感想……但我覺得很好看，圖也畫得很漂亮，既柔和又可愛。」

「嘿嘿，謝謝……店長你也讀看看。」

佐奈露出靦腆的笑容，將素描簿遞給日高。

一旁的阿純帶著沉著的嗓音向知磨問道：

「在閱讀的過程中，有沒有什麼特別令妳在意的地方？」

「這個嘛，唔……」

知磨有些支支吾吾，佐奈馬上果斷地說：

「告訴我，我想讓這部作品變得更好看。作品完成以後，我打算拿去投稿新人獎。」

佐奈筆直的視線讓知磨屏住了氣息，半調子的態度反而對對方很失禮。知磨注意到這點，下定決心開口說：

「那個……畫有玫瑰花的那一頁……」

佐奈點了點頭。

那一頁是在描述來到城鎮的兩隻狐狸，在花店的門口不小心打破了玫瑰盆栽的情節。

「該怎麼說才好呢……總覺得有一點不協調，其他幾頁的氛圍都相當柔和，但是就只有這一頁不太一樣。」

知磨擔心自己表達得不夠好而戰戰兢兢，佐奈則將手指抵在下巴上，咬著嘴唇。

「原來如此……看起來很突兀嗎？」

也許她在自言自語也說不定，但知磨不知道該不該回應。

這時，日高剛好讀完整篇故事。他重新翻到大家在討論的那一頁，帶著穩重的嗓音說：

「不過，這是最生動的一頁呢，彷彿玫瑰花才是主角。」

日高這麼一說，知磨才恍然大悟。沒錯，描繪的方式和鮮豔的色彩，讓玫瑰花在畫面中散發著強烈的存在感。像是被一語道破了想法，佐奈害臊地笑了。

「哇，我對玫瑰的愛意被識破了。真不愧是店長……不過，或許真的是這樣，這一頁是我畫得最開心的一頁也說不定。」

依據佐奈的說法，這部作品裡，她特別注重「小朋友也能理解，整體要柔和」的主題和風格。但是，這和她真正喜歡、「想畫」的內容有點不一樣吧。剛剛提到的那一頁，似乎無意識地流露出她的「喜好」了。

「不是淺顯易懂的圓滿結局，而是會殘留一點痛楚的讀後感……就像被玫瑰花刺傷手指的感覺……我很喜歡這種風格啊。這次，我似乎是畫得太過圓滿了也說不定。」

佐奈露出了老實承受的表情，阿純像是在考量什麼般凝望了她的側臉一會兒後，努力用最開朗的口吻向知磨及日高問道：

「相反地，你們有覺得哪一部分特別好，或是特別令人印象深刻嗎？」

「啊，我喜歡的地方是，狐狸們在城鎮的咖啡簡餐店，從窗邊窺探人類的下午茶時光，說著：『看起來好好喝喔。』」

日高點頭同意知磨立即回答的答案。

「是呀。看了也跟著想要喝了呢，應該說是激發出讀者的想像力。」

「那究竟是在喝什麼呢？是紅茶嗎？還是咖啡？」

「咦？」

發愣著的佐奈在理解了知磨的問題後，慌慌張張地回答：

「啊……呃，其實，我還沒有決定。」

「咦？這樣啊。」

日高露出了些許訝異的神色。

「雖然我想了好幾個方案，但不管是哪一種都不太合適，所以現在還是暫時訂為『神祕的飲品』。」

佐奈輕吐著舌頭，臉上似乎帶著些許陰霾，這讓知磨感到一陣忐忑不安。

「無論如何，在清楚地意識到自己的優點後，要盡可能靈活運用這些優勢喔。」

阿純笑著說道。

「不過，三島妳很厲害耶。自己主動表示『想要聽聽不同人的意見』，還讓對方指出作品裡的缺點……這很需要勇氣呢。」

聽見阿純真誠的誇讚，佐奈連忙反駁道：

「瀨戶川你還不是在業餘時期就開了個人畫展嗎！」

「確實是呢。」

知磨不禁笑了出來，回想起當時的個展模樣。那也是阿純和綾香兩人所交織的故事中，其中一段重要的回憶。

正當知磨沉浸在感慨之中時，阿拓準備完午餐時段要用的食材，從廚房裡走了出來。

接著，阿純的視線在阿拓和知磨之間來回游移了一會兒後，調皮地笑了，突然轉移話題。

「我之所以能夠成為職業畫家，最大的功勞在於知磨。」

「咦？真的嗎？知磨難道是業界裡的重量級人物？」

看見佐奈雙眼閃閃發亮地看著自己，知磨語無倫次地答道：

「不、不是啦，我沒有，做什麼……」

知磨為難的樣子讓阿拓感到相當愉悅，他露出一抹冷笑，調侃地說道：

「該說是精明幹練的編輯嗎？這傢伙可是對阿純指出了許多人生道路上的缺點呢。」

「喂、慢著，阿拓，不要胡說啊。這樣聽起來我不就像是個不分青紅皂白就挑三揀四的失禮之徒嗎！」

「事實上也是這樣。」

「才不是，我會指出缺點的對象，只有會散發著希望別人戲弄他的氛圍的寂寞人們。我現在暫時還想不到適合的例子，不過具體來說就像是阿拓這樣令人遺憾的殘念系……」

「誰是令人遺憾的殘念系啊！」

日高站在憤怒的阿拓身旁，笑咪咪地說道：

「事實上阿拓確實名符其實有點遺憾呢。」

「囉嗦！」

阿純笑嘻嘻地看著熱鬧的六分儀員工們，一旁的佐奈從吊帶褲的口袋裡拿出手機。她突然失去笑容打開了手機確認，又立即闔上手機並放回口袋中。留意到她的舉動的阿純輕聲問道：

「……三島，怎麼了？有電話嗎？」

「不是，只是簡訊而已。」

佐奈如此回答。臉上些許不安的神情，一瞬間消失得無影無蹤。

＊　＊　＊　＊

「請你不要再見那個孩子了。」

約莫半年前。

他突如其來地被叫到了車站前的咖啡店，狹小的兩人座位的另一端，她的母親如此說道。

「……為、什麼……我……」

他的沙啞嗓音只能夠勉強擠出這些隻字片語。

她的母親帶著些許責備的口吻繼續說道：

「只要是和你有關的事，都會讓那孩子更加痛苦。」

「但是，不實際見面談一談的話，不是什麼事都做不到嗎！只要反覆見上幾次面，再過一陣子肯定會——」

他積極表現出不肯放棄的一面，但得到的回應只是冷冷的一句話。

「……再說，你馬上就要因為工作的因素到遙遠的縣市去了吧？」

「那、那件事還沒有成定局——」

「我說的是很正面的事呀，你也可以把這件事當作一個契機……」

「我沒有那麼想！」

他不禁大吼出聲，她的母親帶著嚴厲的目光看著他。

「你想要折磨那個孩子嗎？」

「我怎麼可能會做那種事……」

「這是我的『請求』，如果你是真心為了那個孩子著想的話……」

他原本就有女方家長對自己沒有什麼好印象的自覺。

或許也因為如此，她的母親只是單方面地重複這樣的話語，最終起身離開。

在那之後，他再也不曾見過她的母親，更別說是她了。

他從往事中回過了神，盯著手中的手機。

『有一間店我想要帶妳去看看，妳願意給我一點時間嗎？』

他一如往常地在百般猶豫後發送簡訊，然而，卻從來沒有得到她的回覆。

他一個人獨自坐在綠街的長椅上，透過路樹之間的縫隙望向空中。

他從一位叫做神田繪美里的引導小天使口中得知，有一間咖啡簡餐店裡，似乎有著類似他一直以來尋找的飲品。他現在唯一能做的事，就是去宛如救命稻草般的那間店看看。

即使如此，他一個人去也沒有意義，所以他才會像這樣一直傳送簡訊給她。不過，對她來說就只是陌生人傳來的訊息，想必是抱持著警戒心。但她或許會因為感興趣而回覆，這樣一絲絲的希望也不是不可能。

「再說……對方都還沒見過自己就想要約她出來，太荒唐了。」

他吐露出洩氣的話語。

但無法就此死心。

自從發生那件事以後，他就一直沒有機會和她說話。

就算是受到別人的「請求」，他也不會這麼輕易地放棄。

「就這樣子……」

他悄然地閉上雙眼。

微微感受到自己的意識還停留在最幸福的那段時光，他想盡辦法祈望時間能夠倒轉回到那段時光，但身在別處的她，時間卻是一分一秒地不斷往前走。他和她的時間就這樣漸行漸遠，就像是地球和航海家一號一樣。

「再這樣下去，真的好嗎？就這樣再也見不到面、說不上話……」

伴隨著如同祈禱般的呢喃結束後，他睜開雙眼，緩緩地從長椅上站了起來。不知不覺中，他在胸中已經形成了一股平靜的決心，而這份決心卻奇妙地為他的心靈帶來安穩。

即使這個愚蠢的選擇將會造成無法挽回的局面也無妨。

他伸了伸懶腰，朝著自由之丘喧囂的人群中邁開步伐。

＊　＊　＊　＊

知磨撞見事情發生的時間，是在一個禮拜後的星期六。

這一天，她要從開店時間開始上班，所以，她在上午就來到了自由之丘車站，獨自走在山坡街上。

「……喂！你要做什麼！放開我！」

突然間，傳來了一道年輕女性膽怯的聲音。

「等一下！聽我說，拜託妳，聽我說好不好？」

另一方的男子，說話的口吻像是迫不得已。難道是情侶吵架嗎？聲響從前方轉角處的另一頭傳來，知磨一時之間不知如何是好。果然還是要叫人來吧？她慌忙地四處張望，但所有店家都還沒開始營業，連半個路人也沒有。

「我跟你沒有什麼好說的！放手！」

正當她還不知所措時，轉角處出現了一對男女，他們的身影進入了知磨的視線。當她看清兩人的樣貌時，不禁驚呼出聲。

「……佐奈小姐……和梶谷先生？」

佐奈面有難色地試圖要掙脫，亮介則緊抓著她纖細的手腕，臉上帶著些許悲痛神色。兩人一留意到知磨，分別露出訝異的神情。

「知磨，救救我！」

佐奈的臉上露出安心的表情，但畏懼的神色卻沒有退去。趁亮介一個不注意，她甩開亮介的手，奔向了知磨身邊。知磨發現佐奈微微地顫抖，便用手輕撫著她的背部，擔憂地問道：

「佐奈小姐，妳沒事吧？究竟發生了什麼事……」

當她抬頭一看，就看見亮介收起了伸到一半的手，有氣無力地垂下去。他的臉上露出些許動搖的神色。

「梶谷先生……這是怎麼一回事呢？」

姑且不論亮介及佐奈分別都認識知磨，若從和兩人完全不相識的人眼裡看來，應該無法和善地看待剛才那一幕。不，就算是從知磨的眼裡看來，也不是一個能夠心平氣和應對的狀況。

「妳是吉川小姐吧……不好意思，這是我和她之間的問題，可以請妳不要插手嗎？」

亮介相當鎮定且帶著充滿力道的聲音說道。在知磨注意到對方與自己體型上的差異而不禁感到懼怕時，身後傳來了佐奈的聲音。

「我根本就不知道你在說什麼！」

從聲色中可以感受到她極度困惑和厭惡。亮介露出些許吃驚的神情，說不出話。他筆直地凝視著佐奈，而佐奈也不甘示弱地看向他。這時，她突然皺起了臉龐。

「……難道傳那些奇怪簡訊的人就是你嗎？」

亮介沒有立刻回答，他瞥了知磨一眼，閉起雙眼。當他深呼吸一口氣，再度睜開雙眼時，彷彿眼前的知磨已經不存在，他的雙眸只注視著佐奈一人。

「沒錯，妳和我曾經是情侶……拜託妳，快點想起來吧。」

面對啞口無言的佐奈，亮介帶著沉痛的表情繼續說道：

「妳只是忘記了，無論是我，還是我們一起度過的時光。」

「我不知道你在說什麼！少說莫名其妙的話！」

佐奈反射性地咆哮道。

「如果……如果真的只是我忘了的話……你的號碼應該會存在手機的電話簿裡啊！至少也會留下以前的簡訊紀錄吧！」

聽見佐奈這麼說，亮介遲疑了一會兒後，輕聲呢喃道：

「一定是被刪掉了……八成是妳的家人刪的。」

「為什麼我的家人非得做出這種事不可！」

佐奈帶著強勢的口吻扯開嗓門，嬌小的身軀激動得不斷顫抖。旋即，佐奈顯然因突來的痛楚而皺起了臉龐，她按壓著自己的側頭部，急促地喘息著。看見她痛苦的模樣，知磨連忙輕撫她的背。

「佐奈小姐……妳看起來臉色很差……」

「沒、沒事，只是頭有點疼……」

雖然她露出了苦笑，但看起來一點也不像是沒事的樣子。劇烈的疼痛讓她的雙腿失去力氣，她搖搖晃晃地雙腿一軟，差點跌坐在地時，知磨急忙扶住她的肩膀，靜靜輕撫著她的背。

眼前的景象讓亮介心生怯弱。雖然他看起來還有話要說，但看見佐奈痛苦的模樣，也彷彿遭受同樣的痛楚。至少在知磨的眼裡看來是這樣。

亮介咬緊牙關，露出像是後悔般的複雜神情。他想要飛奔到佐奈身旁，卻又不能這麼做，進退兩難的情況讓他痛苦不已。

佐奈直瞪著亮介，勉強擠出話語。

「我不知道你是誰啊！光憑那樣就說我們是情侶，根本是不可能的事！你是誰？你到底是什麼人啊！」

這時，佐奈頭部的痛楚似乎又更嚴重，她抱著頭，蜷起身體，蹲坐在地。她用力閉上眼睛，眼角微微地滲出了淚水。

回過神來才發現，有幾個看熱鬧的路人停下腳步，在遠處觀望著他們三人。就算是早上人煙稀少的自出之丘，這樣大聲地嚷嚷，還是會引人注目。當中也有女性慌亂地來回看向手機，又看向他們。難不成她打算要報警嗎？知磨見狀，馬上做出了決定。

「佐奈小姐、梶谷先生，繼續待在這裡太引人注目了。總之，我們先去六分儀吧。」

知磨拉起佐奈的手，協助她緩緩地站起身。當她們要離開現場時，亮介卻神情恍惚地佇立在原地，一動也不動。

「……知磨，我們走吧。」

不自覺停下腳步的知磨反倒被佐奈如此催促，兩人就此離開。直到走到了轉角處，知磨再次回頭，卻看見亮介仍然呆愣在原地。或許是認為她們離開，事情也跟著結束了吧，看熱鬧的人們紛紛散去。

「所以……他是跟蹤狂嗎？」

在六分儀咖啡館裡。

做完開店準備的知磨，在坐在吧檯席上的佐奈身旁，難以啟齒似地問道。

「……又不太像是……不，該怎麼說呢……」

佐奈看來依然身體不適，有時還會露出沉重的表情。

「大概是從半年前開始，我會突然收到簡訊。」

她娓娓道出有關陌生人傳送簡訊一事，阿拓在一旁默默聽完後，開口問道：

「妳有報警嗎？」

如此直截了當的說話方式讓知磨不禁屏住呼吸，因為，那個傳簡訊的人似乎就是亮介。

佐奈有氣無力地搖了搖頭。

「畢竟對方沒有對我造成直接的危害，也沒有來騷擾我……只是在簡訊裡寫著『我有話要對妳說』或是『我想見妳』這一類的話。而且，今天我們是第一次見到面……」

「聽我說，等到發生什麼事就為時已晚了啊。」

阿拓的語氣裡夾雜著嘆息，這讓知磨不禁開口反駁：

「可是對方是梶谷先生耶！他又不是壞人——」

話說到一半，知磨注意到阿拓的視線。那視線就像是老師在責備壞學生的複雜眼神。知磨感到一陣不悅，不自覺地迴避了他的視線。

「再說，我怎麼可能認識那種高大又成熟的人啊。」

佐奈露出自嘲的笑容，知磨彷彿求救般望向日高。然而，他卻像是在沉思著，目不轉睛地觀察佐奈。這時——

「……唔……啊啊，好痛！」

突然傳來一陣呻吟，佐奈彎下身體，一手扶著頭。

「佐奈小姐？妳、妳沒事吧？」

「啊哈哈，抱歉。我這是怎麼了……不會是感冒了吧。」

儘管她這麼說，卻看起來相當痛苦，那痛楚感覺就像是被緊緊束縛住似的，讓她閉上雙眼，緊咬牙關，呼吸也有些許急促。

「妳沒事吧？不介意的話，可以在員工休息室裡躺下來休息一下。」

當日高從吧檯內走出來到她的身旁時，疼痛似乎已經消退。佐奈抬起頭，露出了苦笑。

「謝謝，我應該……沒事。」

佐奈在六分儀裡待了片刻過後恢復了平靜，已經可以獨自起身行走。時間已經來到六分儀的營業時間，也有客人上門，身為員工的知磨不能繼續陪在佐奈身邊。

慎重起見，她打了電話給阿純，請他開車送佐奈回家。

「……佐奈小姐，真的不要緊嗎？」

目送阿純的車離去後，知磨回到了店裡，略帶不安地說道。

「看她的狀況也恢復得差不多了，用不著那麼擔心吧。而且，她也沒嚴重到不吃不喝。」

阿拓望向佐奈剛才坐過的位子如此說道。

日高為她沖泡的咖啡歐蕾已經喝得精光了。

「如果真是那樣就好了……」

知磨微弱的聲音被再次響起的門鈴聲覆蓋。今天相當難得，一開店就一直有客人上門。度過了午餐時段，就在三人輪流休息結束的午後，那位客人突然來到了六分儀。

高眺、俐落有型的短髮、強勢的眼神。不是他人，正是亮介。

「……梶谷先生。」

知磨的細語伴隨著門鈴的餘音消失在牆邊，店內陷入一陣短暫的靜寂。廣播電台的古典音樂頻道似乎剛好播到兩首曲子中間的空檔，旋即，喇叭又響起了另一段旋律。

「早上嚇到妳了，不好意思。」

亮介向知磨微微打了聲招呼，看起來似乎有些憔悴，他手持一個小紙袋，在桌椅座位緩緩地坐下以後，點了一杯六分儀特調。

知磨將點餐內容告訴日高，用托盤將日高沖泡好的特調咖啡送到了桌上。她在亮介的面前挺直腰桿。

「……佐奈小姐，她非常害怕。」

雖然知磨明白應該要清楚自己是店員的身分，但回過神來，她已經帶著責備的口吻如此說道。腦海裡，佐奈痛苦不已的悲慘身影又歷歷在目。

「如果造成妳的不愉快，我道歉。所以，我才會說請妳不要插手管這件事……要說明整件事太麻煩了，而且，我也不覺得妳會相信……」

亮介端起咖啡杯，不再像上次一樣翻開菜單。片刻過後，他重新提起紙袋，站起身。接著，他的視線停留在牆邊的置物架上。

「上次來的時候，妳有告訴過我對吧。那個架上擺著沒有受贈者名字的『禮物』，我想要把東西留在架上。」

這時，走出吧檯的日高站到了知磨身後說：

「我明白了。」

亮介點了點頭，從紙袋裡拿出美麗玫瑰花束的擺飾品，用雙手捧到了胸前。知磨感到意外地轉頭望向日高。

「店長，我們這裡是餐飲店，鮮花應該……」

日高瞇起了雙眼，微微地笑了。

「小知，沒關係的。這是一種叫『保鮮花』的擺飾品，會先浸泡在藥品裡，再經過一些特殊的處理，所以花粉既不會四處飛散，也能長久保持花朵的原貌，就連帶去醫院裡探病也絕對沒問題。」

「這樣啊。」

日高從亮介手中接過保鮮花的花盆，亮介走向了置物架，對陳列在架上的「禮物」也沒多看幾眼，就隨意從中拿起了一個。

「隨便哪個都好……那麼，我就拿走這個吧。」

他帶著些許自暴自棄的口吻說完後，將一個質感高級的牛皮革製筆記本拿在手中。

知磨反射性地以像在譴責他的行為的強硬口吻說道：

「梶谷先生，交換『禮物』是雙方寶貴情感的等價交換，並不是讓您用這麼輕率的態度交換東西。」

日高冷靜地制止向亮介說教的知磨，亮介則像是失去情感般，露出了令人害怕的冷笑。

「我明白呀，這是同等價值的交換沒錯！反正不管哪一個對我來說都是一樣的價值……」

他將牛皮革製的筆記本擺在桌面上，喝光剩下的咖啡。看著亮介提起筆在禮物交換單上書寫著，直到現在都一語不發的日高望著保鮮花，靜靜地開口問道：

「……真的是這樣嗎？」

亮介停下手邊的動作，緩緩地抬起頭。

「你這話是什麼意思？」

「您說這盆保鮮花對您來說……和您說著『隨便哪個都好』而挑選出來的東西是『同等價值』……這不是真心話吧？」

直到亮介再次開口為止，整整過了十秒。

「為什麼你會那麼認為？」

面對亮介僵硬的語氣，日高則是帶著穩重的音色如此回應：

「如果這個花盆對您來說真的只是『只有那點價值』的東西，您一開始就不會把它帶到這裡來了吧？自己也能處理掉吧？」

亮介一語不發地咬緊嘴唇，日高繼續說：

「我至少是這間店的店長，一路以來在這裡看了許多『禮物』。我能夠從花盆裡感受到蘊含在這份『禮物』中的情感……這難道不是您為了送給珍重的人而特地準備的嗎？」

亮介朝日高投以強烈的目光，店內瀰漫著一股緊張的氣氛。經過了一段宛如永恆般的漫長時間後，亮介先迴避了視線。日高那平靜無波的眼眸裡漾著深不見底的澄澈，讓亮介感受到自己彷彿要被吞噬。

亮介敷衍地一笑，呢喃道：「我要送的對象已經……」

知磨無法繼續保持沉默。

「是……佐奈小姐嗎？」

阿拓抱著胳膊，倚靠在廚房出入口旁的牆邊。他閉起雙眼，臉朝向天花板，從口中傳來一聲微小的嘆息。

沉默，並沒有維持太久。不一會兒，亮介像是不再有迷惘似地打開話匣子，娓娓道來。然而，他說話的口吻總是夾雜著自暴自棄。

「是啊，我和她以前常常到自由之丘約會……這裡還有我們都很喜歡的咖啡館。」

「但佐奈小姐卻說她『不知道』你是誰。」

亮介毫無生氣的眼神轉向了知磨。

「沒錯，她『不知道』……我最熟悉的她已經……去了遙不可及的遠方。」

沒有人開口說話，亮介繼續說道：

「原因是頭部的外傷導致記憶障礙……你們不覺得聽起來很像玩笑話嗎？但是，這全是真的。去年初秋，她從車站的樓梯上摔落，撞到了頭部。由於頭部局部遭到強力撞擊，從那之後，就出現了失憶的症狀。」

「……真的有失去記憶這種事嗎……」

聽見知磨無意識發出的呢喃，亮介微微地揚起嘴角，但他的眼神中卻絲毫沒有笑意。

「我也是到了最近才終於認清事實……如果我在事情發生的當下聽到妳這一番話，肯定會激動地揪住妳。」

雖然亮介笑著如此說道，語氣中卻帶著威嚇，讓知磨不禁倒吸了一口氣。

「但、但是……佐奈小姐和她大學的學長阿純可以普通地交談啊。」

「這種情況不見得會失去所有的記憶，只忘記特定時間發生的特定事件也是常有的事……我公司的前輩因為過勞引發腦中風，當他在病房裡恢復意識的時候，除了家人以外的人際關係都忘得一乾二淨。當時我有去探病他才對我留下了一點印象，明明我們曾經是一起工作過的夥伴，但他就算看見我，表情也絲毫沒有變化，反而露出了冷淡又有些許畏懼的神情……」

亮介低下頭，知磨反射性地回想起早上佐奈在路邊露出的表情。

從頭到尾只是抱著胳膊一語不發的阿拓開口說道：

「我曾聽說過，大腦在人體中是特別複雜的器官，醫學還無法證實的部分也很多，就算能以一句高級腦功能障礙（Higher Brain Dysfunction）解釋，但還是細分成很多種。忘記物品的名稱、忘記物品的使用方式、忘記動作的先後順序、搞不清楚距離或時間的概念、只能辨別視野裡一半的事物、單純地反應時間變慢等……像是腦內出血或外傷等造成腦功能損傷的原因有很多種，所以引發的症狀也是千差萬別……由此可見，忘記和特定人物有關的事情或記憶，也不是不無可能。」

「那麼，佐奈小姐是因為發生了意外，頭部受到撞擊後，而只忘記了曾經是戀人的梶谷先生嗎……？」

語畢，卻看見亮介自嘲似地笑了。

「是啊。偏偏唯獨把我的事忘得一乾二淨！不是別人，正是和我有關的事。我問了自己成千上萬次：『為什麼會發生這種事……難道這是一場惡夢嗎？』然而，事實就是如此。對她來說，我只是素昧平生的人。在這麼多的記憶裡，她唯獨忘記我……搞不好她其實早已對我感到厭煩，想盡早忘了我吧。」

古典音樂頻道裡傳來的旋律平緩地混合著六分儀店內的氛圍，窗外傳來了熊野神社的參拜者搖晃銅鈴所發出的細微聲音。

「我和她，從我開始上班時就交往，已經有三年了。我們花了很多時間了解彼此。我不喜歡遠距離戀愛，所以當公司提出調職需求時，我也果斷拒絕，並更加堅定了自己的心意。偏偏就在這時候……」

亮介的話就此打住，再度望向日高。

「我回答你剛剛問的問題吧。禮物『沒有受贈者』這是真的，但正確來說應是已經『失去了受贈者』吧。所以，那個花盆對現在的我而言，是『沒有意義』的東西。就這一點來看，也是事實。因為，再也送不到對方手裡……現在，一切都沒有意義了。」

心中懷抱的強烈情感宛如潰堤般傾洩而出，他接著說：

「她的家人和主治醫師禁止我繼續和她見面或聯繫……正確來說，是『懇求』我。」

亮介的臉上抹上了一層陰影。

「我曾聽說過，有許多案例會鼓勵患者透過和親密的人接觸來恢復記憶。但她的情況卻不是如此，只要她試圖回想失去的記憶，也就是我，以及和我一起度過的時光，似乎就會造成她身體上的疼痛。眼看著她在痛苦中煎熬，不論是她的家人或主治醫師，都判斷沒有必要再繼續折磨她了。」

眾人沉默不語，傾聽著亮介的說明。

「除了我以外的事，她通通記得，所以日常生活中並沒有任何不便。也因此，她的家人選擇將我從她的人生紀錄中抹煞掉。」

知磨回想起佐奈在不尋常的頭痛中備受煎熬的模樣，她終於了解亮介當時進退兩難的真正原因。他只要越接近佐奈，劇烈的痛楚就會越折磨她。

「不過，對他們來說，這正是一個可以擺脫我這個麻煩的大好機會也說不定。」

「……這話怎麼說呢？」

知磨小心翼翼地問道，亮介卻輕輕地笑了。

「她的雙親對我沒留下什麼好印象啊。尤其是在工作這方面，時常調職，收入也不怎麼樣，似乎不符合他們的期望呢。」

「怎麼會……」

「她就這樣夾在我們之間左右為難，也為此煩惱不已。」

「可是……！可是，你們是共同度過好一段時光的戀人吧。怎麼會……沒有確認過本人的想法，就擅自消毀證據……太過分了。」

聽見知磨的這一番話，亮介搖了搖頭。

「正因為我『只是』她的戀人，所以她的家人做出的決定，我沒有插嘴的餘地……如果我是她的未婚夫的話，情況或許會稍微不同了。」

他瞥了保鮮花的花盆一眼。

「……如果梶谷先生不能直接和佐奈小姐見面的話，由我來告訴她吧。」

「矮冬瓜，別多管閒事。」

知磨下意識地提出這個想法，阿拓馬上以嚴厲的話語斥責她。

亮介挖苦般地笑了。

「沒用的，雖然她依稀記得自己從樓梯上摔落、受傷，但她沒有辦法理解為什麼那會是造成她失去和我有關的記憶的原因。因為，打從一開始，那段記憶就『不曾存在過』。」

亮介站起身，將填寫完的禮物交換單和咖啡的錢留在桌面上。

他凝視著日高。

「現在你明白我所謂的等價交換了嗎？」

「……您是指『現在已經不具意義』這一點吧。」

日高的眼眸及嗓音中充斥著澄澈，他帶著看似珍視的目光，望向亮介雙手捧在胸前的保鮮花花盆。

「蘊藏在『禮物』中的情感，絕對不會消失。即使當事人忘記了，也絕對不會消失。」

亮介瞇起了雙眼，使勁地動了動嘴角，卻說不出半句話。他看起來像是在強忍著淚水奪眶而出。日高望著他，開口說道：

「這個花盆，我會暫時保留在置物架上……但是，關於您要交換的『禮物』，我沒有辦法認同您所說的等價交換基準。如同我剛才提到的，過去您一直在這個花盆上所傾注的情感並不會消失……請您真正找到了和您那份情感相符的『理由』後，再來決定要從置物架上帶走哪個『禮物』。」

亮介沉默不語地望著日高好一會兒，再看向花盆，他露出些許寂寞的神情，走向置物架。他將牛皮革製的筆記本歸還到置物架上後，拿出筆，在禮物交換單「接受物品」的欄位原本寫的內容上，畫上了兩條刪除線。

「失去受贈者的『禮物』已經不具有任何意義……既然如此，我也應該就此放手，忘掉她。我和她對彼此來說，都只是『素昧平生的人』了。」

亮介緊咬牙關，像是忍痛說出這一番話。他轉過身，離開了六分儀。

*

在那之後，六分儀裡再也沒出現過亮介或佐奈的身影。

知磨曾經近距離地看過佐奈痛苦的模樣，雖然她很在意佐奈的身體狀況，但她們的交情並沒有親密到知磨可以特地主動聯繫她。每當知磨看見置物架上的保鮮花花盆，她總是像這樣一個人獨自煩惱著。

某個星期一，大學突然連續停了兩堂課，下午的時間空出了一大段，知磨私下來到了自由之丘。她依照平時的習慣，穿越了正面出口的驗票口，踏入自由之丘百貨，毫不猶豫地朝著春川咖啡邁開步伐。

「……咦？今天是星期六嗎？」

眼前的女性錯愕地揚起了語調，她是春川咖啡老闆的獨生女綾香。她有著比知磨還要高䠷、修長的身形、微濃的妝感，加上相當適合她的明亮金髮。

「我說妳不要把知磨當成月曆啊。」

繫著和綾香相同的圍裙，在一旁整理訂單的阿純無奈地說道。

「因為很罕見嘛。知磨竟然會在週末以外的時間待在自由之丘，好稀奇啊……妳今天沒去學校嗎？」

知磨說明了原委後，覺得現在是一個好時機，她試著向阿純問了佐奈最近的情況。阿純呆愣了好一會兒後，突然露出笑容。

「知磨，妳真是挑對了時間……其實，今天三島會到這裡來。」

「咦，真的嗎？」

「嗯，她希望我幫她看一下之前我們給她建議的那本圖畫書的草稿。話說回來，差不多到了我和她約好的時間……」

阿純如此說道，低頭看了手錶後，身後隨即傳來一陣朝氣蓬勃的聲音。

「午安～！咦？知磨妳怎麼在這裡？」

知磨錯愕地回過頭。頭戴毛帽、提著手提包的佐奈瞪大了雙眼，愣在原地。

聊了一會兒後，知磨發現佐奈相當有精神，所以不特意去關心她的身體狀況，也打消了要提起亮介的念頭。對於總是因草率的好奇心而衝動行事的自己來說，這次她算是相當努力，甚至都想要誇獎自己了。

「嗯……好很多了，再來就是修改的時候要特別留意顏色和我剛才說的細節，只要改善這幾點，我覺得就沒問題了。」

知磨也重新看了一次，就像阿純說的，佐奈的圖畫書變得更加完善了。

「謝啦，知磨。」

知磨說出感想後，佐奈害臊地笑了，同時也不忘了把阿純的建議寫到筆記本裡。雖然知磨沒有刻意這麼做，卻不自覺地看著佐奈。記錄完的佐奈和知磨對到眼，她似乎誤以為知磨是對筆記本的內容有興趣。她舉起筆記本，如此解釋道：

「這是我的靈感筆記本，如果想到什麼可以寫進故事裡的題材，就會通通寫進筆記本裡……要看嗎？」

佐奈露出天真爛漫的笑容說道，並向知磨遞出筆記本。

「三島妳還真有勇氣，要是我就做不到……」

阿純發出呻吟，根據他的說法，把自己的靈感筆記本給別人看，是他想都不敢想的事。不過，佐奈卻毫不在乎地一頁一頁翻開知磨拿在手上的筆記本。簡短的文字片段、簡易的素描，偶爾還會穿插幾頁仔細上色過的插圖。知磨被其中一頁吸引了目光。

「哇，好厲害……這是面具嗎？」

眼前的圖畫似乎是一間咖啡簡餐店的素描，L型的吧檯上陳列著各式各樣的咖啡用具。還有，不曉得為什麼牆面上掛著數不清的面具。這一頁的空白處草草地寫上了「沙龍、面具、健力士」以及「遙遠的航海家」，右下方則是標記了「20XX.07.14」的日期。

「真的有這麼有趣的店嗎？」

知磨這麼一問，佐奈罕見地露出有些困擾又混亂的神情。

「唔，不是啦……不，也不能說是『不是』啦。」

佐奈語無倫次的反應讓知磨歪著頭。接著，佐奈害臊地笑了後，坦白說道：

「啊哈哈……其實我也不記得自己為什麼畫了這張圖，這一頁看起來不像是很久之前畫的……或許是我睡迷糊了吧。」

佐奈瞥了一眼筆記本裡的素描，眼眸中搖曳著不安。亮介說的「記憶障礙」這個單字，那令人畏懼的壓迫感再次浮現在腦海裡，知磨感受到胸口急速跳動著。下一瞬間，知磨幾乎是反射性地轉移話題。

「不過，好厲害喔。平時就收集了這麼多靈感，還願意讓我看內容，真是謝謝妳。」

知磨帶著有些誇張的開朗語氣一邊說著，一邊闔上了筆記本還給佐奈。

「不客氣。」

佐奈靦腆地接下筆記本，臉上閃過些許膽怯的神色，而這些知磨都看在眼裡。

*

週末，星期六的早晨。

在六分儀咖啡館裡，知磨一邊做開店前的準備，一邊把星期一發生的事告訴了日高。

「嗯～原來發生了這種事嗎？」

日高站在吧檯內，邊煮開水邊緩緩地點了點頭。阿拓似乎已經完成了開店前的準備，他倚靠在廚房的入口，抱著胳膊靜靜聽著兩人的對話。

「『沙龍』、『健力士』和『航海家』，一點關聯性都沒有。」

知磨點頭表示認同阿拓所說的話，她繼續說道：

「她在筆記本裡畫的那間店，風格非常獨特呢，有一面牆上還掛滿了面具。但是，佐奈小姐卻說她不記得了。那幅圖裡明明就清楚地標記了備註和日期，應該不是那麼輕易就會忘記的事啊。」

「日期是什麼時候？」

「唔……去年的七月。」

日高將瓦斯爐的火調弱，並點了點頭。

「梶谷先生說過吧，三島小姐受傷、失去記憶是在去年的初秋。那麼，那張素描就是在意外發生之前畫的。」

日高以手指輕抵著下巴，思索了好一會兒後，看向知磨。

「有沒有可能因為那間掛滿面具的咖啡簡餐店是和梶谷先生有關的回憶，所以她連帶一起忘了呢？」

「確實，梶谷先生有說過，佐奈小姐在失去記憶以前，他們常常在一間兩人都很喜歡的咖啡館裡約會……但是，佐奈小姐為什麼唯獨忘記了曾經那麼親暱的梶谷先生呢……」

面對緊咬著唇的知磨，日高很罕見地帶著些許低沉的嗓音說道：

「或許，有一種連她本人都沒有察覺到的自我防衛機制已經開始運作了。」

「自我防衛機制？」

知磨反問，而日高點了點頭。

「如果是和梶谷先生之間的戀情或將來的事，帶給了她偌大的不安，進而逼得她走投無路的話……或許大腦會判斷出『遺忘』才是對她最有幫助的。」

阿拓鬆開抱著胳膊的手，夾雜著嘆息說道：

「不管怎麼說，現有的資訊太少，頂多只能猜測罷了。」

一開店門鈴聲就響起，踏入店內的是知磨料想之外的人。

身穿便服的神田繪美里一見到知磨，旋即露出了笑容。

「我來了！哇，慢著，服務生裝扮的知磨太可愛了！」

「繪美里？」

「嘿嘿，我今天有事要來找日高先生。」

繪美里向日高和阿拓打過招呼後，將手中一疊A4大小、彩色印刷的紙遞給日高。

「這是商店街振興委員會委託我拿來的，自由之丘甜點祭的傳單！」

「謝謝，我會擺在店裡。今年有什麼特別引人注目的地方嗎？」

「真不愧是日高先生，這問題問得好！根據理事長的說法，好像會邀請國外知名的街頭表演藝人喔。」

和日高交談了好一會兒後，繪美里轉向知磨，笑嘻嘻地說道：

「看似閒話家常的資訊交流！這也是身為出色的引導小天使該做的事！」
知磨了解繪美里身為引導小天使的工作情形，所以也明白她口中的「資訊交換」有多重要。像這樣收集來的最新資訊、培養出來的人脈，都是她的利器。
「引導小天使好帥氣呀。」
「最重要的是hospitality！」
「那是什麼意思？好像在哪裡聽過……」
「也就是『盛、情、款、待』！現在不管什麼事都可以用智慧型手機查詢對吧？但還是有一些資訊在網路上搜尋不到吧？」
知磨點了點頭，繪美里繼續說：
「像是對方的興趣、有什麼隱情、在期望著什麼等等……有些事不面對面交談的話是不明白的……所以我們一直很注重活用的『盛情款待』，而不是教學手冊上那種刻板的『服務』。」
「……好厲害喔。」
「引導小天使們各自有擅長的領域，所以平時我們都會共享資訊，一旦發生什麼事也能聯絡彼此、互相照應。況且，自由之丘有些地方的店家變動率很高，所以我們都是靠著雙腳去收集這個城鎮的『現在』，就連旅遊手冊裡沒有的最新資訊也是齊全得無懈可擊！還有呀，我們會穿著制服出沒在城鎮的各個角落，也算是為體感治安改善事業盡一己之力！」

看著繪美里開心得滔滔不絕，可以感受到她對這份工作的熱忱。知磨聽著聽著也不自覺地揚起了嘴角，實在是很不可思議。

「繪美里妳當初為什麼想成為引導小天使呢？是因為學校的課程嗎？」

知磨突然好奇地問道。

「活動本身算是課程和社團活動的並行，有些人是單純因為有興趣而加入，也有些人是崇拜資深的引導小天使而來……不過我跟她們不太一樣，我是為了回報這個城鎮！」

「回報？」

知磨被這個詞彙吸引，向前探出了身體。

「我是在自由之丘出身長大，我爺爺在這裡經營了一間小酒館，從小我就會在店裡幫忙，偶爾會到街上探險，這裡的店家都對我很和善。因為有這個城鎮才有了我。我很喜歡自由之丘，所以也希望第一次到這裡的人能夠喜歡上這個城鎮。成為引導小天使的話，就能夠幫助人，我自己也能更享受、更喜歡上這個城鎮……我是抱持這個想法，才選擇就讀當地的大學！」

一口氣說完後，繪美里反而靦腆地笑了。她太過耀眼，讓知磨不禁瞇起雙眼。

「好厲害喔……哪像我，對於自己出身成長的地方就沒有什麼依戀……雖然是因為憧憬自由之丘而來到東京，但現在也沒有一個明確的夢想或目標……看見繪美里這樣閃閃發亮的人，就讓我很嚮往呢。」

「妳也好好分清楚夢想跟目標有什麼不同吧。」

阿拓難得插進對話。

「阿拓，你說這話是什麼意思？」

「『成為作家』、『脫離上班族，經營餐飲店』這叫做目標，『希望世界上再也沒有戰爭和饑荒，人人享有平等的對待』這叫做夢想……妳明白了嗎？就算是為了實現目標而努力前進，還是必須胸懷夢想，這才是能取得平衡的人物。」

阿拓或許是打算若無其事地講述人生大道理，但對於才剛踏上二十歲入口的大學女生知磨來說，要她靜靜地聆聽，難度實在太高了。

「我也不是不明白啦……不過，阿拓你……無論發生什麼事也千萬不要在年輕女生面前說出這種話喔。」

「妳這是什麼意思？」

「唔，該怎麼說……該說是起雞皮疙瘩嗎，有一點……不，是非常沒常識啊。」

阿拓瞬間面紅耳赤。

「囉、囉嗦！沒經歷過人生大起大落的丫頭才沒資格說我！天真的小鬼頭！」

「什麼啦，你又是哪裡來的反派角色啊。」

知磨朝阿拓投以不悅的目光，身旁的繪美里笑咪咪地開口說：

「真不愧是綱島先生，一如往常的『ＳＣＺ』呢。」

「ＳＣＺ？」

知磨重複了繪美里的話，阿拓也露出了訝異的神情。

接著，繪美里像是只願意告訴知磨般湊近了她的耳邊。

「引導小天使們都是這麼稱呼綱島先生，這個略稱的意思是……」

聽完繪美里的話，知磨大笑出聲。

「說得真傳神呀。」

「對吧？還有其他很多原因喔！」

「下次一定要再說給我聽，不曉得有沒有我認識的人呢。」

看著眼前兩位年紀相仿的女孩子相談甚歡的景象，阿拓露出不悅的表情。

「因為引導小天使的每個人都很有命名的品味呀。」

日高從容又愉悅地笑了。

「咦，店長你也知道『ＳＣＺ』嗎？」

看見日高笑咪咪的模樣，阿拓相當憤怒。

「……日高，你這傢伙。」

「放心吧，繪美里，我絕對不會告訴阿拓。」

「我就是明白這一點才會告訴日高先生呀！」

日高和繪美里帶著爽朗的笑容附和彼此，完全被排擠在外的阿拓努力保持平靜，只拋下了一句「無聊」。

「……對了，我有事想要問繪美里，可以嗎？」

日高這麼一問，繪美里馬上挺直腰桿望向他。

「當然可以！」

「妳知道自由之丘有哪一間咖啡館用面具掛滿了一整面牆呢？」

「是『Clarinet』吧！」

她立即回答。

「繪美里有去過那間店嗎？妳對那間店的菜單還熟悉嗎？」

「當然！我已經稱霸自由之丘大部分的咖啡館了呢。我的這顆腦袋和舌頭就是我最自傲的資料庫……不，請等一下，我這麼做你們應該比較容易理解。」

繪美里從皮革製的斜肩包裡拿出小筆記本，快速地翻開內頁，將某一頁遞給其他人看。

「是一樣的……和佐奈小姐的筆記本裡的素描畫得一樣……」

知磨不自覺揚起了語調。小筆記本裡有繪美里手繪的店內簡易素描，並記錄著菜單和餐具等細節。雖然繪畫技術不及佐奈，但仍能透過內容感受店內的氛圍。

「這個叫做『古斯塔夫伯格』的是什麼東西呀？」

聽見知磨如此問道，繪美里接著回答：

「這是瑞典一間歷史悠久的陶瓷器製造商，它有出產一組以綠葉為主題的『樹蔭』系列，妳有聽過嗎？」

知磨搖了搖頭，繪美里見狀接著補充說明：

「那是一位名叫斯蒂格·林德伯格的設計師的作品，深受許多收藏家的喜愛！就算是中古品的價格也不容小覷。會在Clarinet裡是因為店長的個人喜好而使用古斯塔夫伯格的咖啡杯，但實在是跟店裡的氛圍太不搭，這一點反倒相當出名。」

「那麼『沙龍』或是『健力士』呢？」

面對阿拓的提問，繪美里得意地回答：

「Clarinet的店長曾說過，他希望自己的店不單單只是一間咖啡簡餐店，而是『不分年齡、性別、身分地位，讓各式各樣的人都能聚集在此盡情暢談的沙龍』。而店長的最愛正是健力士黑啤酒，他總是坐在吧檯邊一口接著一口地喝。」

阿拓皺起眉頭，接著問道：

「那麼，『航海家』呢？」

繪美里瞪著空無一物的地方思考了好一會兒後，像是投降般搖了搖頭。

「……不知道耶，這我就完全沒有頭緒了。」

這時，日高一語不發地垂下纖長的睫毛，陷入沉思。他突然抬起頭將視線看向繪美里如此問道：

「難不成最近有誰向妳問了有關那間店的事嗎？」

知磨瞬間回想起來，亮介當時似乎也說出了Clarinet的店名。

「啊，沒錯，是透過知磨介紹的，一位名叫梶谷的先生……店長怎麼會知道呢？」

繪美里帶著吃驚的神情，目不轉睛地盯著日高。

「當時他在找什麼？」

「當時嗎……唔……好像是……」

聽完繪美里的答案，日高內心充滿篤定，獨自靜靜地點了點頭。

＊

隔天，星期日的上午。

知磨比平時更早走出家門，在前往六分儀上班以前，先繞到春川咖啡。昨天在那之後日高委託她幫忙兩件事。

「我從日高先生那裡聽說了，來，給妳。」

綾香如此說道，並將袋子遞給知磨，袋子裡裝有烘烤過的咖啡豆。約莫一百公克的咖啡豆，並不是很多。

看來昨天日高似乎已經事先聯繫了綾香，也向她說明了事情的原委。綾香帶著了解內情的表情，往袋子裡窺看。

「日高先生又靈機一動了嗎？又要為自己沖泡咖啡嗎？」

綾香帶著半開玩笑的口吻說道。知磨這才後知後覺地發現，露出吃驚的神色。

「話說回來，這次……都還沒見到他的那個舉動。」

「哦～那麼，這個可能就是為此準備的吧。」

知磨向綾香道謝後便離開春川咖啡，她走出自由之丘百貨，來到下一個目的地Kitchen+。這是一間食材及雜貨的進口商店，六分儀咖啡館也會向他們下訂食材。店長是身高略矮、體型微胖的神崎文雄。

「喲，知磨！日高已經事先打電話聯絡過我了，妳是來跑腿的吧？等我一下。」

神崎先生在手邊的置物架上來回翻找後，遞給知磨一個約莫掌心大小的包裹。

「怎麼，日高不會又在盤算什麼吧？」

「不曉得……我到現在都還沒搞清楚狀況呢。」

「哎呀，我差點就給忘了，這個也要給妳。」
神崎驚呼道，並誇張地拍打自己的額頭，將一大罐的牛奶遞給知磨。
知磨離開Kitchen+，經由熊野神社參拜步道走到六分儀，推開了門。
「小知，早啊。」
日高站在吧檯內，阿拓則倚靠在廚房出入口旁的牆邊。到目前為止，一切都和平時沒什麼兩樣。
「店長早安……啊！」
知磨不自覺地揚起語調。
開店前的店內，坐在窗邊的桌椅座位上的人竟然是佐奈。她看見了知磨，露出像是得救般的神情，並有些坐立不安。
「是我拜託她到這裡來。」
日高從容不迫地告訴知磨。如果要聯繫佐奈，只要拜託阿純就辦得到了吧。
「店長，這究竟……是打算要做什麼呢？」
知磨戰戰兢兢地將剛才跑腿拿來的物品交給日高，日高悄悄地眨了眼。
「我能做到的事就只有沖泡美味的咖啡喔。」

知磨連忙奔進休息室裡，當她換完衣服再次回到外場時，日高已經在吧檯內開始手邊的工作。瓦斯爐上的熱水已經沸騰，一旁的琺瑯材質單手鍋裡正在加熱牛奶。

桌椅座位上的佐奈，臉上膽怯的神情若隱若現，知磨也是相當忐忑不安。

日高從吧檯內拿出了咖啡壺，並裝上濾杯和濾紙。接著，他將知磨從春川咖啡拿回來的咖啡豆倒進磨豆機，再仔細測量磨成粉狀的咖啡粉，將適量的咖啡粉倒到濾紙上方。他拿起長年使用的銅製熱水壺，平靜地沖泡咖啡。傾注而下的熱水讓咖啡粉逐漸膨脹，店內開始瀰漫著濃郁芬馥的香氣。

這時，知磨留意到日高手邊準備好的咖啡杯，白色的基底上彩繪著綠色的樹葉，呈現北歐風格的設計感。難道這就是繪美里提到的「古斯塔夫伯格」出產的「樹蔭」系列咖啡杯嗎？和六分儀平時使用的白瓷製咖啡杯相比，給人截然不同的感覺。

沖泡完畢，日高拆下了濾杯，咖啡粉上殘留的細小泡泡，讓她想起日高曾經說過：「那是完美沖泡過後留下的印記。」

他提起咖啡壺，將咖啡倒進杯子裡，並加進熱牛奶。接著，日高取出神崎先生在Kitchen+交給知磨的小袋子，袋子裡裝著淺褐色的細小粉末。日高撈了一小匙撒在咖啡杯上，知磨感受到一陣獨特的香味撲鼻而來。

「這是……我好像知道，這是肉桂的香味嗎？」

「答對了，這是肉桂咖啡歐蕾。小知，把這杯端到三島小姐的桌上吧。」

「好的，不過，為什麼會有兩杯呢？」

「妳馬上就會知道了。」

日高眨了眨眼，知磨雖然感到困惑但還是點了點頭。她將肉桂咖啡歐蕾放在托盤上，端到佐奈的面前。另一個杯子則是悄悄地擺在佐奈的對面。

微微的肉桂香飄蕩著，刺眼的朝暉透過窗戶射進了店內。吧檯內的日高溫柔地催促一臉疑惑的佐奈，她微微地點了點頭，將肉桂咖啡歐蕾端到了嘴邊。

「……………真好喝。」

她輕聲呢喃道，但臉上的表情仍然很僵硬。日高一如往常地掛著溫和的笑容，而阿拓則是在不知不覺中移動到休息室前。

雖然感到困惑，但佐奈又啜飲了一口。

這時——

她的表情開始產生了變化，在她感到驚訝的同時，也隱約透露出些許膽怯的神色。

「佐奈小姐？」

知磨感受到她的異狀，戰戰兢兢地觀察她的表情。就在這個時候，日高向阿拓點頭示意後，阿拓推開了休息室的門。

看見從休息室裡走出的身影，讓知磨錯愕地呆愣在原地。

「梶谷先生？為什麼會在這……」

知磨慌張地回過頭，佐奈似乎也察覺到亮介，吃驚地瞪大雙眼。不過，似乎沒有出現劇烈頭痛的症狀。不僅如此，佐奈凝視著亮介的表情和以往截然不同。彷彿在探求著什麼，又像是試圖回想起什麼。或許是會輕微頭痛的關係，她不時會略微皺起臉龐。亮介則面露緊張，目不轉睛地凝視佐奈。

「梶谷先生也請用。」

日高開口向他搭話，他回頭看向日高並點了點頭。知磨這才恍然大悟，原來今天這項「計畫」，亮介也參與其中。不過，日高是怎麼和亮介取得聯繫呢？思考到這裡，知磨想起了禮物交換單，禮物交換單上一定會填寫聯絡電話。

亮介靜靜地走向桌椅座位，拉開座椅，在佐奈面前的位子上坐下。

他端起古斯塔夫伯格的咖啡杯，啜飲了一口肉桂咖啡歐蕾。他僵硬的表情這才緩和下來。

「……日高先生，這太完美了。」

「謝謝誇獎，梶谷先生，要放棄還太早了。」

「是啊……事到如今，我已經沒有什麼好怕的了。」

亮介微微一笑，以舒暢不少的表情轉向佐奈。

從他的眼神中，可以感受到他平靜的決心，彷彿無論結果是好是壞，他都能欣然接受。接著，他輕輕地吸一口氣，對著佐奈開口說：

「地球現在仍然在向航海家發送訊息，並盼望著得花上十七個小時才能接收到的聲音……只是，不曉得航海家是不是也在期盼來自地球的指令。」

他如此說道，佐奈緊張得板起臉孔。

「我的聲音，再也傳不到妳的身邊了。」

不知道是否有一陣頭痛來襲，佐奈微微皺起了臉龐。亮介見狀，一瞬間露出怯弱的神色，卻又像是下定決心般繼續說道：

「通訊用的天線已經調整不了方向了嗎？還是接收信號的靈敏度下降了呢……？通訊，已經中斷了嗎？」

他的聲音越來越微弱，六分儀店內陷入了一陣寂靜。

「……妳明明還說了『我得好好架起天線了呢』不是嗎……」

最後聽見的聲音像是亮介用盡全力擠出來似的，知磨忍不住屏住氣息。他，在哭。他抑制住聲音，緊咬著唇，落下了淚。然而，他的視線卻始終沒有離開過佐奈，奪眶而出的淚水，在他的臉龐上滑落。

這時——

知磨感受到停滯的店裡似乎吹起了一陣風。雖然店內門窗緊閉，也沒有開空調，但她就是明確地感受到了。這一陣微風，似乎將某種東西運到了佐奈和亮介的身邊。

「……………小亮？」

這是知磨從未聽過的佐奈的嗓音，像是在面對最親密的人般毫無防備，又像是在撒嬌般，最具魅力的嗓音。

佐奈筆直地凝視著亮介，從她的表情看來，她似乎注意到眼前的人是她「親密的對象」。亮介回望著佐奈，卻是哽咽、嗚咽，泣不成聲。

「為什麼……在哭？」

話一說完，佐奈大大的眼眸裡也布滿了淚水。淚水一點一滴地流淌而出，並化為斗大的水珠，在她白皙的臉龐上滑落。

知磨看著兩人的模樣，感到自己眼眶一陣溫熱，悄悄地用雙手掩住口鼻。她小心翼翼地問道：

「佐奈小姐……妳想起來了嗎？」

這時，似乎是一陣頭痛襲來，佐奈閉緊雙眼，蜷起身體。她用單手按著頭部，再次睜開的雙眼中依然堆滿了淚水。她帶著困惑的表情望向知磨，用力搖了搖頭。

「我不明白……我不明白啊，知磨，這是怎麼回事！我到底是忘了什麼……」

她似乎還沒有完全掌握到自己的記憶和情感，看起來相當不安。她的肩膀微微顫抖著，有時還會因為頭部的疼痛而皺起眼角。

知磨急忙來到佐奈的身邊，輕撫著她的背。接著，日高帶著沉穩的嗓音說：

「雖然只有一瞬間，但三島小姐的記憶回路已經連接上了也說不定。」

「店長，那是什麼意思？」

「現在三島小姐已經說不出她『不知道』梶谷先生是誰這種話了吧。」

聽到這番話，佐奈戰戰兢兢地點了點頭。

「我明白了……這個人──」

她如此說道，並有所顧慮地看向亮介。

「這個人對我來說是特別的人，雖然我不太會表達……但我就是這麼覺得。」

表明了自己的想法後，佐奈似乎也鎮定了一點。知磨悄悄地觀察她，佐奈看著坐在面前的亮介的神情，很顯然與以往不同。

這時，忍住哽咽的亮介鎮定下來，店內也暫且恢復了平靜。

六分儀咖啡館的店長日高站在吧檯內，準備新的咖啡壺。他從六分儀特調的玻璃櫃中取出咖啡豆，經過測量後放入磨豆機，再將磨好的咖啡粉倒在濾紙上。接著拿起銅製的熱水壺，平靜地沖泡起咖啡。

知磨輕輕地從佐奈的背上收回手，望向日高。最後，咖啡沖泡完成，白瓷製的咖啡杯裡盛著熱騰騰的六分儀特調。日高將香氣四溢的咖啡杯端到自己的嘴邊，嗅了一口後，緩緩地啜飲。

他那垂下的纖長睫毛讓知磨望得出神。日高抬起頭，這麼說道：

「那杯肉桂咖啡歐蕾，我盡可能忠實重現了已經結束營業的『Clarinet』的滋味。」

「……重現嗎？」

「首先，是咖啡豆。我向綾香詢問過後，請她準備了跟以前賣給Clarinet相同的特調豆。接著，也麻煩神崎先生準備了相同的肉桂粉和牛奶。Clarinet的所有材料都和我們從一樣的管道購買，真的很幸運。」

「是、是很幸運沒錯啦……但怎麼會讓佐奈小姐的記憶恢復呢？」

「因為據說味道和香氣都和腦部的記憶息息相關。」

「記憶和香氣嗎？」

看著吃驚的知磨，日高繼續說道：

「我們會用視覺、聽覺、味覺、觸覺，還有嗅覺這幾種感官來捕捉外界發生的事情，並將資訊吸收至腦部。嗅覺要傳達資訊的對象是和掌控本能行動、情緒息息相關的大腦邊緣系統（Limbic System）。在這系統裡包含了負責掌管記憶，被稱為『海馬體』的部位。也就是說，腦部在處理嗅覺資訊時，會很容易同時把感受到的情緒一起保存在記憶裡。」

知磨發出了驚嘆的嘆息。

「但是……為什麼是肉桂咖啡歐蕾呢？」

「繪美里告訴我，梶谷先生是在找一種我們店裡沒有，不過Clarinet裡有的花式咖啡。再加上，三島小姐畫在筆記本裡、卻想不起其他細節的店，將那家店的特徵和繪美里的資料庫比對以後，結果一致指向Clarinet。所以我判定他們兩人過去一定是在Clarinet裡一起喝著肉桂咖啡歐蕾。」

日高再次把咖啡杯端到嘴邊，心滿意足地呼了一口氣。

「就算是記憶障礙，印象深刻的事情似乎還是會記得。我認為傾訴情感是最有效的辦法，所以就請梶谷先生來協助我……坐在兩人最常坐的窗邊座位，面對面一起喝著使用和Clarinet相同材料製作出來的肉桂咖啡歐蕾，再由他說一些印象比較深刻的事情來喚醒三島小姐的記憶……這就是我想嘗試的計畫。」

知磨望向亮介，原來他一直在尋找有賣肉桂咖啡歐蕾的咖啡館，是因為他在追求能夠讓佐奈記憶復甦的可能性。

「同時，為了讓視覺上呈現同樣的效果，我準備了Clarinet過去使用的古斯塔夫伯格杯碟組，而且這不是復刻版，是中古品。是我從八重婆婆那邊借來的。」

日高露出調皮的微笑。

按照他的計畫，確實讓佐奈的記憶暫時地恢復。然而，卻無法永久保持下去，讓佐奈的記憶產生了變化以後，就虛幻地消逝而去。

知磨戰戰兢兢地向她問道：

「佐奈小姐……妳沒事吧？」

佐奈一語不發地聽著日高的說明，現在的她似乎是最了解自己身上發生了什麼事的人。

「嗯，我還有一點混亂……但是，我現在很清楚，這個人……是非常重要的人。」

佐奈望向坐在對面的亮介如此說道。持續微微滲出的淚水不斷在眼眶裡打轉，她勉強擠出接續的話：

「……明明這麼重要，為什麼我會忘了呢……」

不斷啜泣的佐奈用指尖拂去淚水，像是為了掩飾自己因懊悔而扭曲的表情，低下了頭。

佐奈從緊咬的牙關縫隙間吐露出「對不起」的細小聲音，亮介輕輕地扶住她的肩膀。佐奈抬起頭，眼眸中已經不再有膽怯之色。

為了讓他們兩人能夠好好地聊聊，知磨離開了桌椅座位。恰巧有新客人上門，阿拓和日高各自回到自己的工作崗位上。在這之後，客人接二連三地上門，知磨等人忙得不可開交。

等到店內再次恢復寂靜時，已經是一個小時以後的事了。

知磨看好時機，走到佐奈和亮介的位子旁，幫兩人加完杯中的水以後，亮介微微羞澀地向知磨說道：

「我們聊了很多，誤會都解開了，也確認過彼此雙方的心情和立場，現在總算是平靜下來了。」

如果是失去部分記憶的佐奈的話，她還能理解，但為什麼連亮介也露出害臊的神情呢？

「太好了。」

知磨微笑以對，亮介也微微地點了點頭。

接著，他筆直望向佐奈，臉上的表情像是下定決心般充滿了男子氣概。

「我再說一次，或許妳失去了我們過去共同創造的回憶……但從今以後，我想要和妳一起重新創造回憶。」

佐奈驚訝地圓睜雙眼。

「就算忘記了，也不代表情感消失了。」

亮介呢喃道，佐奈則是靜靜地點了點頭。他們宛如現在才要開始交往的生澀情侶。

知磨在一旁聽見了這段大膽的告白，雖然有些不知所措，但她更為兩人感到喜悅。從今以後，佐奈就可以慢慢地開始了解亮介。

佐奈的嘴角揚起羞赧的笑容，她在身旁的包包裡翻找著，最後拿出一本筆記本。她翻開了內頁，停留在畫有Clarinet的那一頁。

「那本筆記本對三島小姐來說，可說是『來自過去的自己的禮物』呢。」

日高從吧檯內走出來，看著佐奈手邊的東西，笑咪咪地說道。

「嗯，我也這麼覺得……真是太感謝以前的自己了。」

佐奈感觸良多地說道，並用指尖輕撫著筆記本。一會兒後，當她突然看見牆邊的置物架時，便雀躍地露出笑容。

「啊，怎麼有這麼漂亮的玫瑰花呀！」

讓她展露出興趣的竟然正是亮介先前留在這裡的保鮮花花盆，當然，她完全不知情。看她熱情地投以視線的模樣，似乎是對那盆花一見鍾情了。她起身走向置物架，陶醉地望著花盆。

「這真是……我感受到自己和這盆玫瑰花的命中注定……為什麼呢……真令人在意。」

日高站在她身後，開心地說：

「那麼，要不要來交換『禮物』呢？」

佐奈聽完等價交換的規則後，微微興奮地點了點頭。

「聽起來很棒耶！我要交換、我要交換！唔，那麼，我要把什麼留在架上呢……」

當佐奈回到位子上的同時，亮介不知道為什麼相當心神不寧。他走到置物架前，心急如焚地看著保鮮花，就算想碰也不知道能不能碰而進退兩難，最後他像是發出求救信號般抬頭直直望著日高。
日高一副全都知情的態度，微微地點了點頭。他將手伸進保鮮花裡，從花和花之間的空隙取出了「小小的某樣東西」。趁著其他人尚未發現時，偷偷交給了亮介。亮介訝異地凝視著手心裡的東西，他抬起頭，帶著茫然的表情看向日高。
日高向亮介露出戲謔般的微笑後，轉向佐奈。
「三島小姐，其實那盆保鮮花是梶谷先生寄放在這裡的東西。」
他向吃驚的佐奈簡短地說明原委後，再次看向亮介。
「梶谷先生，容我再問您一次。這個『禮物』對現在的您來說，還是『沒有意義』的東西嗎？」
亮介一時語塞，他筆直地回望日高，緩緩地搖了搖頭。
「當我自暴自棄地將這盆花寄放在這裡時，你對我說的那句話，仍在我的腦海中揮之不去……『蘊藏在禮物中的情感，即使當事人忘記了，也絕對不會消失。』……陳列在這個置物架上的其他『禮物』一定也蘊藏著相同的情感吧。」
隨後，亮介站到了佐奈的身旁，凝視著置物架上的保鮮花。
「對現在的我而言，沒有一個『禮物』比送出這盆花所蘊藏的情感更令我想得到手。」
「我明白了……那麼，我將這盆花歸還給您。」

日高微微一笑，將保鮮花交給了亮介。亮介向日高鞠躬，許久之後才抬起頭。他轉向佐奈，有些害臊地小聲說道：

「妳願意收下這盆花嗎？」

佐奈又驚又喜的臉龐染上一陣潮紅，她支支吾吾地說道：

「……咦？……可、可以嗎？」

「這本來就是我準備要送妳的東西，所以……妳說是『命中注定』的時候，我感到非常高興。」

空氣中瀰漫著咖啡香，耀眼的陽光射進了店內，重新獲得無可取代的珍貴受贈者之名的禮物，由亮介遞給了佐奈。

知磨用雙手按住激昂不已的胸口，瞇起雙眼看著眼前的景象。這就是蘊藏著情感力量的「禮物」將人與人聯繫在一起的瞬間。她發現日高正看著自己，和他對上眼時，他向自己輕盈地眨了一眼。抱著胳膊、倚靠在廚房出入口的阿拓，嘴角也揚起了溫柔的笑容。

知磨感受到無與倫比的幸福，放任自己沉浸在芬馥的咖啡香中，緩緩地閉上眼睛。

要離開六分儀前，在收銀機前結帳的亮介悄悄湊到日高身旁，以只有他才聽得到的細小音量問道：

「……你怎麼會知道？」

亮介悄悄地攤開緊握的左手，手心裡有一枚鑲有鑽石的白金戒指。日高瞄了一眼後，笑咪咪地說道：

「因為三島小姐曾說過喜歡玫瑰……原本那個花盆就是為了要送給她而準備，和鮮花不同，保鮮花可以永遠保持美麗的模樣，也就是象徵著永恆不變的愛……而且，再怎麼說——」

日高將零錢遞給亮介，淘氣地眨了眨眼。

「我也有過求婚的經驗呀。」

在店內和知磨聊天的佐奈迎面走來，對話在此中斷。亮介悄悄地將戒指收進胸前的口袋。

「店長，謝謝你讓我想起這麼重要的回憶。」

佐奈向日高低下頭。

「有空再過來喔，下次三島小姐和梶谷先生兩個人一起過來。」

「好的！只要來自由之丘就一定會過來！」

她笑容滿面地環視六分儀咖啡館的三位員工。

「那個，我決定了。」

「咦？決定什麼？」

知磨這麼一問，佐奈有些害臊地笑了。

「圖畫書裡……狐狸們從窗戶窺探人類的下午茶時光，我已經決定好杯子裡要裝什麼飲品了。」

試閱過、還給過意見的知磨一下子就明白了。佐奈說的是她打算報名參加新人獎的那本圖畫書。

「難道說——」

佐奈像是要回應知磨因期待而閃爍的雙眼，微微一笑。

「一杯飄著肉桂香的美味飲品！」

亮介看著佐奈的模樣，沒有刻意對著誰，有感而發地說道：

「話雖如此……總覺得賺到了呢，感覺好像又再次體會到初次告白時的那種緊張感。」

亮介如此說道。他看著身旁的佐奈，露出爽朗且溫柔的笑容。第一次看到他如此溫和的表情，知磨感到胸口一陣暖意。

「唔～好害羞啊。」

雙手抱著保鮮花花盆的佐奈，聽見亮介這一番話，害臊地低下頭。看見兩人流露出的生澀模樣，讓跟著害臊起來的知磨忍不住用力搖晃身旁的阿拓。

「阿拓，快看啊。梶谷先生說了很棒的話呢，快做筆記！」

被搖晃了好一會兒的阿拓，終於忍不住甩開知磨的手，拉開嗓門喊道：

「囉嗦！妳不要破壞氣氛！」

充斥著明亮光芒的六分儀咖啡館店內，迴響起笑聲。

離開店裡的兩人，走進了熊野神社的參拜步道。清澈的空氣、綠意盎然的味道，一抬頭，還能從樹木之間窺探青空。

「太好了……訊息，有順利傳送到。」

亮介如此說道。他隔著衣服的布料，觸碰內側口袋裡的白金戒指。從今以後，他還要和她說好多、好多話。他們要共享相同的時間，越來越了解彼此。然後，有一天，時機一到，他就要把原本沒能告訴她的事情告訴她。

積累的情感是不會消失的，就算被遺忘，也並不代表會消失。所以他和她之間，比起那些度過「普通時光」的人，一定更能夠累積許多情感。

「……我會好好告訴父母關於小亮的事。」

突然停下腳步的佐奈如此說道，亮介也因這突如其來的話，錯愕地停下腳步。

「就是因為我沒有好好地說出自己在想什麼、想做什麼，他們才會不瞭解而擅自刪掉我的回憶……」

佐奈凝視著手裡的手機。

「我也要好好地說出來才行。」

亮介再次仰望天空後，開口說道：

「要調職去九州一事，我拒絕了。」

佐奈睜大了雙眼。

「我不會去遙遠的地方，我會一直在妳的身邊……所以，放心吧。」

佐奈低下頭，讓瀏海掩飾自己濕潤的雙眼，她緩緩地點了點頭。

一陣爽朗的微風穿過參拜步道，輕撫過兩人的臉龐。

「……吶，小亮。」

佐奈輕聲喚道。

「嗯？」

「如果……如果有一天，我又忘記小亮的話……你會怎麼做？」

佐奈像是要掩飾害臊地別過頭，頭髮遮住了臉龐，讓他看不清她的表情。

亮介在剎那間尋找適合的話語，但他轉念一想，答案早就已經決定好了。佐奈的問題並不是情侶間的嬉鬧而提出的玩笑話，而是真的有可能會發生的事，現在的他們都很清楚這一點。

亮介繞到了佐奈的面前。

「不管發生什麼事，我都會帶妳到六分儀，然後……」

他筆直地凝視著抬起頭來的她。

「我會拜託日高先生為我們製作肉桂咖啡歐蕾，到時候我們再一起喝吧。」

佐奈露出半邊的酒窩笑著，她悄悄地牽起亮介的手。

兩人佇立在熊野神社的參拜步道旁，望著六分儀咖啡館。

那裡，是一個讓航行在人生道路上迷失方向的人們，在既馥郁又溫柔的咖啡香中，重新調整航行方向的地方。

第1.5章

美觀街的濃濃情意

初夏的週末，星期六的夜晚，在六分儀咖啡館裡。

常客神崎先生一個人坐在吧檯席上，舉起了啤酒杯。

「……哈～！真爽快！」

他放下啤酒杯，發出豪邁的聲音，嘴邊還殘留著白色泡沫。知磨向他的側臉開口搭話。

「神崎先生，您看起來心情很好呢。」

「心情很好？何止是這樣啊。知磨，我就是為了這一杯而工作啊！就算說我是為了這份喜悅而活也不為過！」

看著興高采烈的神崎先生說話像連珠炮一樣未間斷，知磨不禁輕笑出聲。

「有那麼誇張？」

「當然啊！沒有酒的人生就沒有意義啊，沒意義！」

他張口大笑，店裡除了他以外沒有別的客人。知磨也比較放鬆地將手擱在椅背上，微微彎下腰，觀察神崎先生的表情。

「真好，神崎先生看起來好開心喔。」

「不行喔，未成年不能喝酒，警察先生會來抓妳喔。」

神崎先生喝光啤酒後，笑著向吧檯內的日高要了第二杯。日高操作著生啤酒機，在新的啤酒杯裡注滿啤酒後，無奈地笑著說：

「她已經二十歲了喔。」

神崎先生露出「糟糕」的表情時，知磨馬上露出微笑。

「哇，好開心喔。神崎先生覺得我看起來更年輕呢。」

知磨從日高手中接過啤酒杯，「咚」的一聲擺到了神崎先生的面前後，就直接站在神崎先生身旁。

「不、不是啦，知磨嬌小又可愛，所以我才老是以為妳還是高中生啊……」

知磨的笑容像是黏在臉上般，絲毫沒有變化。神崎先生戰戰兢兢地抬頭看她一眼，停下手邊的動作。接著，嚥了口口水。

經過幾秒的沉默以後，神崎先生半是自暴自棄地喊道：

「好吧！知磨，下次一起去喝一杯吧！」

這次反倒是知磨嚇了一跳。

「咦，真的嗎？」

「當然是真的，不要小看叔叔，我可是知道很多好吃的店喔！烤雞串、滷味、炸串、鰻魚……還是要去蕎麥麵店？」

阿拓緩緩地從廚房裡走出來，站在日高身旁，抱著胳膊瞪著神崎先生。

「以要帶女人去的店來說，你還真會挑啊。」

「……怎、怎麼啦？小拓，露出這麼恐怖的表情。」

「別叫我小拓。」

「有什麼關係，八重婆婆也是這麼叫你吧？」

阿拓無視神崎先生的話，一臉無奈地在神崎先生和知磨之間來回看了一會兒。

「我也要去。」

「咦？」兩人異口同聲發出驚嘆。阿拓眼神銳利地瞪著知磨。

「我怎麼能讓沒喝過酒的小朋友一個人去喝酒。」

結結巴巴的知磨為了要重振氣勢，換上了冷淡的表情。

「多謝你這麼費心喔。但是，就算沒有阿拓照顧我，我一個人也沒問題，因為我已經是成年女性了。」

阿拓也不甘示弱地露出嘲諷似的笑容。

「我已經想像得到了，妳喝得爛醉還做出蠢事的糗樣。」

「慢著、慢著！不管怎麼樣我都不會讓知磨喝得那麼誇張啦！怎麼了，小拓，你這是在懷疑我嗎？」

阿拓俯視著神崎先生不滿地拉開嗓門的模樣。

「不管你有沒有顧慮她，這個矮冬瓜一樣會自取滅亡。既然知道我們店裡的人會去給人添麻煩，我只好做為監護人陪同了。」

「慢著，阿拓，被你說成那樣，就算是我也是會生氣的喔。」

「小知、阿拓，你們兩個都冷靜一點。」

日高以從容的嗓音插進對話中。

「既然這樣的話，我也去好了。」

「咦？」三人異口同聲發出驚嘆。日高笑咪咪地說：

「應該說，我近日預定要和凜去吃飯。」

凜是日高的女兒，現在和他的前妻一起生活。雖然日高沒有撫養權，但無論是和小孩還是和前妻之間關係似乎都還很融洽。

「大家都在的話，凜也比較開心吧。」

接著他朝神崎先生如此說道。

「機會難得，不如我們去美觀街如何？地點就選在神田酒學校怎麼樣？」

美觀街是指從自由之丘百貨到橫跨車站、鐵軌一直延伸至東側的狹小區域。從以前就有許多餐飲店並列，甚至還有創業超過七十年的老店舖。

這裡在充滿優雅、時尚形象的自由之丘裡獨放異彩，是一個散發著庶民風情的地方。

神崎先生離開店裡後，日高是這麼告訴知磨的。

「我從來不知道自由之丘還有那樣的地方呢。」

知磨一邊做著打烊工作，一邊興致勃勃地說道。

「那是個不管是對當地居民還是對觀光客都很和善的地方喔。」

「話說回來，矮冬瓜妳真的沒喝過酒嗎？」

「酒嗎？對呀，我一次都沒喝過……」

「大學生至少會去酒聚吧。」

知磨雖然有些猶豫，但仍無奈地笑著說道：

「我當然有去過呀……只是，近距離看過朋友因為喝醉變得很不舒服的樣子後，就覺得有點恐怖，所以我一直都是喝無酒精飲料。」

聽完這番話，阿拓冷哼了一聲。

「說到底，剛學會喝酒的大學生啊……」

阿拓一副相當了解的模樣要繼續說下去，但發現日高笑容滿面地看著自己後，就默默地把話吞回肚子裡。

「話說回來，阿拓你很會喝酒嗎？」
知磨好奇地抬頭問道。阿拓乾咳了幾聲後說：
「算是吧，開會結束後，有時會和澤木去小酌一杯。」
澤木是一名和阿拓年紀相仿的男性，擔任他的責任編輯。
「是喔……雖然不太想承認，但感覺很帥氣呢。」
就算是得到知磨的正面評價，但阿拓卻感到有些不自在。日高見狀，輕輕地笑出聲後，開心地說：
「真令人期待呀，小知第一次的美觀街之旅。」
星期一是六分儀的公休日，跟神崎先生討論後決定在明天星期日提早打烊，並在那之後舉辦一個小型的酒聚。
「啊，對了，店長。請教一下，『神田酒學校』是店家的名字嗎？明明是店家，卻叫學校？」
「那是繪美里的爺爺經營的店，正式的店名叫做『神田』……總之，到了那裡妳就會明白了。」
整理完吧檯的日高開始結算今天的營業額，打掃完外場的知磨正要將清潔用具拿回休息室時，看見阿拓站在置物架前，似乎在盯著什麼東西看。

「……阿拓，怎麼了嗎？」

聽見知磨的聲音，阿拓瞥了她一眼，一語不發地移開視線後，匆匆回到廚房。

留在原地的知磨看了看置物架，發現上方擺著一只手錶，皮革製的錶帶相當細長，看來應該是女用錶。小小的錶面玻璃上，有著顯眼的裂痕。秒針雖然還在走動，但顯示的時間似乎有些異常，知磨下意識地和牆上的時鐘對照。

整整慢了三個小時。

＊

隔天，星期日夜晚。

打烊以後，知磨、日高、阿拓三人穿著便服走出六分儀咖啡館。

今天一大早就烏雲密布，現在則是下著毛毛雨，滴落在臉上的細小水滴，像是在冷卻因工作而疲累的身體，相當舒服。

「梅雨季快要到了呢。」

走在前方的日高如此說道。

「早上的新聞說梅雨鋒面已經在南方的海上了……」

「小知，妳有帶傘嗎？」

「沒有，因為今天降雨機率不高。」

日高垂下肩膀。

「我也沒帶，不過沒關係。如果回去時的路上剛好碰到下大雨的話，妳就跟阿拓共撐一把傘吧。」

「說得也是。不過，跟阿拓共撐一把傘的話，肩膀一定會濕掉……我覺得溫柔的阿拓應該會犧牲自己，然後把傘借給我。」

阿拓自己拿著一把便宜的塑膠傘，冷笑了一聲後，拋下一句話：

「少作夢，誰要借給妳這種人。」

「阿拓你這樣很像電影裡出現的壞蛋耶，還是比較弱又很可憐的那種。不過很適合你，所以沒關係。」

「囉嗦！」

阿拓不禁扯開嗓門喊道。知磨吐了吐舌頭，調皮地笑了。

他們從熊野神社參拜步道走進山坡街，右轉後沿著女神路往南方走，穿越光街和自由之丘百貨交界處的鐵路下方，就會看見美觀街的入口。或許是已經喝完第一攤了吧，滿臉通紅的人們在路上邊走邊嬉鬧。知磨不禁停下腳步，驚呼出聲：

「哇，真的耶，感覺好懷舊。原來自由之丘還有這樣的地方呀。」

狹小的巷弄裡塞滿了許多餐飲店，有大小不一的門簾、紅燈籠，店門口還堆滿了啤酒箱。整條街籠罩在一股昭和時代的氛圍裡，一瞬間，知磨差點忘了這裡是有著「時尚城鎮」代名詞之稱的自由之丘。

「這裡就是『神田』，神崎先生好像已經到了。」

在日高的引領下，三人一同走進老舊的店家。

店內的燈光相當明亮，有兩個ㄇ字型的細長吧檯，已經有好幾位客人靜靜地舉杯飲酒了。牆上掛著成排以毛筆書寫著餐點的木板，還能看見正在吧檯內大展廚藝的師傅身影。

「哇……」

知磨完全被店裡平靜舒適的氛圍吸引。店內的客人都是獨自一人或少數幾人一組優雅地飲酒，和自己以往參加過的吵吵鬧鬧的酒聚有如天壤之別。

「啊，知磨，歡迎光臨！」

在注意到眼前這位笑容可掬的女服務生是繪美里以前，知磨大概花了至少眨三次眼睛左右的時間。

「繪美里？哇，妳這樣好帥氣喔。」

繪美里將頭髮盤在後方，身穿輕便的服裝和圍裙，與她穿著引導小天使制服時所散發的華麗氛圍截然不同。總覺得多了一點男子氣概，讓知磨不禁望著繪美里出神。

「謝謝！啊，對了……妳看，那個很壯的人就是我爺爺，別看他那樣，他今年也有七十一歲了。」

似乎聽見了孫女在介紹自己，在料理台上的老師傅抬起布滿皺紋的臉，向知磨露出笑容。他是一位相當適合日式廚師服和廚師帽的老人，肩幅很寬，二頭肌的肌肉相當紮實，完全看不出已經超過七十歲的高齡了。

「神崎先生他們已經到了喔，來、來，請往三樓的和室走……！真好啊，我也好想跟你們一起喝酒啊！」

知磨跟著心有不甘的繪美里，踩上頗陡的樓梯，她也惋惜地說：

「我好想坐看看ㄇ字型的吧檯喔。」

旋即，身後傳來阿拓的冷笑。

「妳還早個十年啊。」

知磨不悅地鼓起腮幫子，走在前面的日高立刻爽朗地笑了。

「坐在和室的話，就算阿拓喝醉了也比較放心啊。」

「喂，慢著，日高。會醉的不是我，是那矮冬瓜。」

「是這樣嗎？」

大家像是被日高愉悅的語調催促著，一到了三樓後，立刻就聽見熟悉的聲音出來迎接他們一行人。

「喲！這邊、這邊，哇哈哈！辛苦了、辛苦了！」

眼前這個高舉著啤酒杯、滿臉通紅、興高采烈地大笑的人就是神崎先生。

「不好意思啊，我們自己先喝了起來。」

神崎先生的對面坐著一位以雙手捧著小酒杯，露出高雅笑容的婦人，竟然是八重婆婆。她既是六分儀咖啡館的常客，也是住在店面二樓的高齡女性。擁有慧黠的雙眸與一如往常穩重口吻的她，很難想像已超過米壽之齡。

「嗨，六分儀隊的各位，誠摯感謝你們的邀請。」

這個帶著演戲般的口吻並低下頭的人是阿純。

「你是硬要跟來的吧。」

瞇起眼撞了阿純一下的金髮美女則是綾香。

「我只是被日高先生賦予了神聖的使命才會過來打擾，對吧~?凜凜?」

綾香的身旁坐著一名長髮少女——凜。被綾香緊緊地貼著的凜則維持僵硬的姿勢咬著柳橙汁的吸管，看到知磨和日高的臉，才浮現放心的神情。

「綱島先生你太見外了！這麼開心的聚會怎麼可以沒有找我呢！」

這名高舉著玻璃瓶裝的惠比壽啤酒大聲抱怨、體態良好的年輕人叫做樫村翔吾，他是綠街上知名咖啡館「Enseigne」的主廚，一直單方面地視阿拓為競爭對手。

「好多人啊！你為什麼在這裡？」

最後一個踏上階梯的阿拓，一手指著翔吾驚訝地揚起語調。

「透過神田小姐的小道消息啦，總之，我可不原諒你們搶先一步喔！來吧，先喝一杯！喝吧喝吧！」

翔吾所指的「神田小姐」想必就是繪美里吧。繪美里曾說過，翔吾無論是外表或個性，在引導小天使之間都獲得一致好評。正當知磨回想起這些事的時候，翔吾不管阿拓的意見如何，就讓他坐到了自己的對面，並開始勸酒，還不斷地往他的杯裡倒酒。

「慢著、慢著，要滿出來了！你的倒法也太隨便了吧！」

「綱島先生真是個吹毛求疵的人啊，你就是這樣，年輕女孩子們才會把你分類在『名符其實令人有點遺憾的殘念系』這種複雜的類別裡啊！」

完全正確。知磨帶著認同的表情，深深地點了兩次頭，而一旁的日高也像是在呼應她一般，跟著點了點頭。

阿拓喝光杯中被倒滿的啤酒，不愉快地皺起臉龐，突然恍然大悟地露出驚訝的表情，隨後發出了痛苦般的呻吟。

「難不成……『SCZ』（註1）是這個意思嗎……開、開什麼玩笑……」

阿純和綾香坐在阿拓的對面，拚命忍住笑意。

「……你們兩個，在偷笑什麼……」

兩人在絕妙的時間點不約而同地故意轉移了視線，但唯獨凜和他們不同。

「拓拓雖然長得很高、看起來很厲害……可是他跟我們班上的男生很像。所以呀，我覺得他應該不是真正的大人。」

她面無表情地如此說道。凜還只是個年僅十歲的國小五年級學生。

和室裡陷入了一陣沉默，隨後不知是誰發出了一陣爆笑，知磨則是冷靜地做了總結。

「也就是說，阿拓既是『虛偽的大人』，同時也是『擁有赤子之心的殘念系作家』吧。」

在響起另一陣爆笑的同時，阿拓終於也跟著爆發了。

「夠了！你們這群傢伙！混帳日高，都是你幹的好事吧？綾香要接送凜就算了……偏偏找來這群麻煩的傢伙！」

「可是，人多比較熱鬧呀。」

看見日高沒有半點動搖，仍然笑咪咪的模樣，阿拓像是吃了一記悶拳般洩了氣。

這時，踏著陡峭樓梯來到和室的，不是別人，正是神田的大師傅。身穿廚師服的他充分顯露出剛強的體魄和凜然的容貌，他一一環視和室裡的每個人，那銳利的眼神讓大家的視線自然而然都集中到了他身上。

「我是來推薦今天的菜色，不過……看來各位已經吃得差不多了嘛。」

壓倒性的氣勢讓阿拓不禁調整坐姿，總算開了口回應對方。

「呃，不，我們還沒喝多少，現在才正打算要加點一些菜……」

接著，大師傅露出笑容，用和他的外表完全相反的溫柔嗓音說道：

「請慢慢享用，無論酒還是菜，八分飽是最美味的。」

最後他補上了一句：「今天有好吃的白蝦喔，我會叫繪美里馬上來幫各位點餐。」說完便走下了樓梯。

「龍之介他呀，是札幌人喔。」

坐在知磨旁邊的八重婆婆，一邊啜飲著小酒杯裡的日本酒，一邊感慨地開口說道。

「原來繪美里的爺爺叫做龍之介呀。」

「他應該是去年邁入古稀之年了吧。他的父親是名船員，在韓戰時同父親一起飄洋過海而

註1：「SCZ」為「名符其實令人有點遺憾的殘念系」的日文羅馬拼音縮寫。

去，戰爭結束後回到日本，卻沒有回北海道，而選擇在這個城鎮展開生活。」

「戰爭」這個詞讓知磨的胸口隱隱刺痛，那是發生在她尚未出生的年代。然而透過八重婆婆的話，她才知道那只不過是短短六十多年前的事而已。

「您和他從以前就認識了嗎？」

「是呀，龍之介剛來到自由之丘的時候，我已經在幫忙先生經營店鋪了。他那時常常來找我們玩呢……別看他那樣，他過去可是個率直又可愛的少年呢。」

「我完全跟不上老人家的對話啊！」

已喝醉的神崎先生如此調侃道，八重婆婆卻毫不在意。

「哎呀，人家知磨就跟得上呢。」

她朝著知磨淘氣地笑了。

「雖然長相跟名字都讓人覺得很可怕，但實際交談過，就會發現沒那回事吧？」

知磨點了點頭，笑著回答：

「沒錯，從剛才簡短的對話裡，就能感覺到他是個溫柔的人呢。該怎麼說呢，像是會規勸調皮學生的老師……啊！」

知磨像是察覺到了什麼，用手掩住口。八重婆婆則指向了牆上。

「哎呀，難不成……妳知道那件事嗎？」

牆面上掛著一塊木板，以斗大的毛筆字寫著「神田酒學校」。
「是的，店長告訴我了。」
「聽說那塊看板是這裡的常客們大家一起合送的，換句話說，就像是全體學生一起送上的禮物。」
「我覺得很棒呢。」
知磨抱持著像是在看陳列於六分儀咖啡館置物架上的「禮物」們時的心情，望著那塊木板。看著「神田酒學校」這幾個字，腦海裡自然地浮現大師傅在這間店的一樓，溫柔地規勸在ㄇ字型吧檯邊喝得爛醉的客人時的景象。
「比起那種事，知磨啊～妳有在喝嗎？」
桌子的另一側傳來了很有氣勢的嗓音，沒想到聲音的主人竟然是連耳朵都泛紅的阿純，他似乎有些惱怒也說不定，一旁的綾香則是嚷著「糟糕」後，自暴自棄地望向天花板。
「還沒……我還在觀察大家，想說晚一點再來挑戰……」
知磨輕吐舌頭而笑，她的面前只擺著一杯裝有冰塊的烏龍茶。
這時，阿純突然探出身子，靠近觀察她的臉。
「要挑戰凡事都要趁早啊！」
一瞬間，綾香伸出了手，一手抓住阿純的頭，粗暴地把他往後拉。

「聲音太大了！還有不要隨隨便便就靠近女孩子的臉！真是的，明明平時很老實，一旦喝了酒就會變得很強勢，很丟臉所以拜託你克制一點。」

然而，阿純沒有半點膽怯的模樣，反而還貼近了綾香的臉。

「綾香，妳在關心我嗎？好溫柔喔！我好感動～」

「沒有好嗎！你是哪一隻耳朵聽見了？你確定不是收到奇怪的電波干擾嗎？」

「綾香總是對我很凶啊，明明我是這～麼喜歡綾香，這～麼重視綾香。」

阿純不曉得為什麼露出了得意的笑容後，下一秒，額頭上冒出青筋的綾香從桌邊探出了身體，不甘示弱地貼近阿純的臉。

「你有在聽人家說話嗎？」

「當然有呀～我怎麼會錯過綾香可愛的聲音呢～」

「呃，你、你是白痴嗎！」

阿純雖然醉了，說起話還算是相當清楚。

「知磨妳看，這是綾香的可愛照片集。」

阿純突然一本正經地如此說道，並把自己的智慧型手機遞給知磨。他滑動了相簿的頁面，接二連三顯示出來的全都是綾香的照片。有時會出現綾香穿得很少的樣子或是睡臉，讓知磨不知道眼睛該擺在哪裡好。

「哇……是綾香的攝影展呢。」

即便是支吾其辭，知磨還是努力地帶著笑容回應。

「很棒吧！在這裡面我最喜歡的是這張『吃到一半的冰淇淋突然掉到地上的瞬間，綾香茫然的側臉』。」

阿純興奮無比地開始滔滔不絕，綾香也不徵求他的同意，直接搶走手機。她凝視著手機螢幕，看越多張照片，她的臉色也就越難看。

「這是什麼啊！你什麼時候拍的！給我刪掉！不，我自己刪！我刪光了！」

綾香和手機搏鬥了好一會兒後，人口地嘆息。原本以為阿純會很慌張，但沒想到他從容不迫地開口說道：

「沒關係～我都有好好備份在電腦裡！家裡也有印出來的照片～為了能夠隨時隨地聽到綾香的聲音，我還有我們的對話錄音檔……」

面對笑得很開心的阿純，綾香則是面無表情，然後她悄悄地站起身。

「好，凜凜。我們也吃飽了，要不要回家？」

約莫一個小時過後，綾香笑咪咪地一邊擺弄凜的長髮，一邊如此說道。而阿純臥倒在她的身後，一動也不動。自從「綾香照片集」被公布出來以後，知磨似乎看見了綾香朝著阿純的腹部發動一記強力的肘擊，不過，這應該是她的錯覺吧。

「嗯，好……爸爸，我要回家了，綾香姐姐會送我回去。」

凜的長髮經過美髮師綾香的造型過後變得相當可愛，她帶著有些生硬的笑容說道。

「原來綾香沒喝酒是因為要開車呀。」

知磨像是佩服般地點了點頭。這時外面傳來了熟悉的聲音。

「知磨！店長！哇，怎麼這麼巧！」

樓梯口出現了佐奈和亮介的身影。

「哇，你們好。難道你們是來約會的嗎？」

亮介向一臉吃驚的知磨解釋：

「我們直到剛剛都還在新宿呢，想說希望在自由之丘結束一天的行程，就決定來神田喝酒了。」

「哎呀，真棒呢。難得碰面，要不要和我們一起吃飯呢？」

八重婆婆笑著說道，眾人也紛紛點頭。

「這樣好嗎？唔，那麼，我們就恭敬不如從命，打擾各位了。」

佐奈和亮介客氣地在和室的角落坐下。

「……啊，是蠟筆王國……」

凜盯著佐奈提來的紙袋，輕聲說道。佐奈注意到她的反應，笑容滿面地問：

「妳知道這一間店嗎？」

佐奈從紙袋裡抽出好幾本圖畫書，正當知磨想發出「哇」一聲的時候，凜飛也似地靠近佐奈的手邊。

「哇，是《可能不是蘋果》耶！我一直好想看這一本。」

「哦，好啊，想看嗎？要不要一起看？」

這下可好了。凜愛圖畫書成痴，甚至自己會在筆記本上練習畫圖畫書。而佐奈立志成為圖畫書作家，甚至會主動投稿新人賞。兩人一拍即合，轉眼之間，她們在兩個人的世界裡興高采烈地討論著圖畫書，沒有其他人可以介入的餘地。

一旁的綾香則是嫉妒地漲紅了臉。

「慢著，這是怎麼一回事啊……我的凜凜和別的女人處得這麼開心……」

面對開始啜泣的綾香，知磨只能無奈地笑著安慰她。

「我們也開始學習看圖畫書吧？」

談論最喜歡的圖畫書而興奮不已的凜，終於在父親日高的溫柔嗓音規勸下回過了神。這次是真的要坐上綾香的車，回到位於武藏小杉的家。

「竟然能跟凜處於勢均力敵的狀態，真不愧是佐奈小姐。」

知磨如此抬舉佐奈，佐奈卻是若無其事地笑了。

「是嗎？那些只是常識而已吧？不過，凜還真可愛呢。真沒想到會是店長的女兒，太驚人了……我們還約好下一次要互相讓對方看自己畫的圖畫書呢。」

要是讓綾香聽見了，她可又要鬧脾氣了。知磨露出含糊的笑容。

在那之後，知磨觀察了亮介和佐奈好一會兒，從他們親暱的交談和兩人之間柔和的氛圍看來，他們漸漸地、確實地一點一滴累積新的時光。

「吉川小姐，那邊那兩位是六分儀的常客嗎？」

翔吾深感興趣地拿著啤酒杯在知磨旁邊坐下，知磨向他們介紹彼此。當她還在猶豫關於佐奈失去記憶的事可以透露到什麼程度時，佐奈自己就很坦然地說明了所有的來龍去脈。雖然有可能是酒精作祟，但她的個性本來就是個連靈感筆記本都能毫不在意地給其他人看的人。

「……那、那麼，一定很辛苦吧……你們是度過了重重難關，才能夠像現在這樣在一起吧！太、太感人了，多麼淒美的故事啊……」

知磨大吃一驚，這種聽起來像是玩笑話的台詞，翔吾竟然還帶著哭腔說出來。

「如果是我……我一定會崩潰。梶谷先生竟然還能夠堅持不懈，相信真愛！太棒了，啊啊，多麼美好的故事……」

或許是不忍心看翔吾開始啜泣的模樣，八重婆婆溫柔地輕撫著他寬大的背。

「好了，冷靜一點。好端端的年輕人這是怎麼了？別哭了。」

「翔吾先生莫非是……喝了酒就容易哭的人嗎？」

知磨這麼一問，翔吾靦腆地笑了。

「不、不好意思。我哥哥也常罵我不要這麼小家子氣。」

翔吾用力抹去眼角的淚水，一口氣喝光了酒杯裡的酒。這時，阿拓開口呼喚他：

「喂，翔吾，過來一下。你是在哭什麼啊。」

翔吾的眼神瞬間變了。

「我沒哭！只有我打敗綱島先生以後流下的感動淚水，才是我真正哭泣的時候！」

翔吾奮力起身，坐到了阿拓旁邊。看見翔吾又倒給自己新的一杯啤酒，阿拓皺起了臉龐，顯得很消極。知磨看傻了眼，低聲呢喃道：

「阿拓……完全慘敗在翔吾先生手下啊，真不愧是ＳＣＺ。」

將凜平安送回家以後，綾香停好車再次回到了和室，在聚會上更加洋溢著笑容。日高為了感謝綾香，特別請她喝價格較昂貴的日本酒和她喜歡的料理，綾香的心情好得不得了。

「別看我這樣，我可是很辛苦的喔！最近終於適應了美髮師的工作，就算兩者都是接待客人，但剪頭髮跟賣咖啡豆面對的是完全不一樣的客群呀。」

「但是春川咖啡現在不是有阿純幫忙嗎？」

「不行、不行！那傢伙完全派不上用場！」

綾香一口接著一口地喝，轉眼間已經喝光了兩合（註2）日本酒。她將小酒杯「咚」的一聲擱在桌上，帶著恍惚的神情貼近知磨。

「啊～糟糕了～最後忘了再摸一次凜凜的頭髮了～我這個人真是～沒辦法～只好靠飄飄然的大學女生來忍耐一下了～」

「啊，綾香妳怎麼了？總覺得妳說話好像開始沒有抑揚頓……呀！」

綾香突然用雙手圈住知磨的腰際並用手指搔弄，知磨嚇得彈了起來。

「啊～凜凜不在啊～啊～對喔～因為我送她回家了嘛～啊哈。」

「等、等、等、等一下，綾香！」

綾香的手指仍在知磨的腰間不斷搔弄，突然她放聲大笑。

「好瘦！好瘦啊！怎麼回事，太好笑了！」

「才不好笑！」

「妳平時總是穿那種很蓬鬆的衣服，所以都看不出來，這是怎麼回事？這感覺還不錯的身體曲線是怎樣？腰這麼細！這個胸部、這個屁股都剛剛好……」

知磨拚命地閃避綾香隨心所欲、四處亂竄的白皙手指，同時朝著前方看似坐立難安的阿拓開口求救：

「阿拓，別光顧著看，快想想辦法呀。」

然而，他在兩個交纏扭動的女生面前，只能害羞地撇開視線，小聲呢喃道：

「……綾香一喝醉就會喜歡摸來摸去。」

「這、這已經不是摸來摸去的程度了。」

「放棄吧，矮冬瓜。一旦演變成那種局面就束手無策了。」

正當知磨對於眼前感到絕望時，有個身影拍了拍綾香的背——是八重婆婆。

「哎呀呀，綾香妳可玩得真開心呀。既然這麼難得，我就來講一點有趣的事吧……我想想，應該是綾香小學五年級時的事吧，妳為了要送禮物給班上的男同學，結果在我們店裡挑選的是……」

倏然，綾香挺直腰桿，彷彿跳起來似地離開了知磨，在坐墊上正襟危坐。

「哎呀，八重婆婆您真討厭！那只是小孩子會做的事而已嘛！」

註2：一合約為一百八十毫升。

「『為了讓他從後面抱住我，並說出他喜歡我。』如此期望而幹勁十足的綾香，拿出了隨身鏡，然後……」

「八重婆婆！酒還夠嗎？您、您看！這是日高先生請我們喝的限定釀造酒喔！來來來，喝一杯吧！」

「真的嗎？真不好意思，那我就來一杯吧。」

知磨默默地和性格大變的綾香拉開距離，逃到了阿拓身邊。

「太、太厲害了……就連綾香也拿八重婆婆沒轍。」

「薑還是老的辣。」

知磨輕吐出感嘆的氣息，阿拓則一語不發地又喝了一口啤酒。

一旁的知磨目不轉睛地凝視著阿拓。

「……幹嘛？」

「這只是我個人的猜測啦……阿拓你難道也曾經被喝醉的綾香亂摸一通嗎？」

阿拓臉上的神色明顯動搖了，他的視線不斷游移，即便背景是和室內的喧囂，仍有一股沉默落入兩人之間。

「阿拓真是名符其實很沒出息呢，你剛剛的舉動完全是想逃避吧。」

日高不知道從什麼時候開始坐在知磨的旁邊，知磨說了一句「果然是這樣」，帶著鄙視的眼神嘆了口氣。阿拓不禁扯開嗓門：

「殘念系也好，沒出息也罷，不要動不動就加上名符其實啊！」

一旦察覺，就會發現一切一如既往，日高和阿拓都在身邊，有種身處在六分儀咖啡館裡的安心感。知磨環視著和室，看見熟識的人們因為酒精的力量而性格大變，煞是有趣。

「酒，還真是不可思議的東西呢。雖然大家跟平時沒什麼兩樣，但又有一點不同，感覺會更坦率地表現出原來的性格呢。」

「大人跟小孩子不一樣，平時壓抑著許多情感，甚至裝出不同的性格……簡單來說，就是偽裝自己生活。」

面對日高的這一番話，剛滿二十歲的知磨突然感到疑惑。

「所謂的大人……究竟是什麼呢？」

日高溫柔地歪著頭。

「先不論年齡，到什麼時候為止還是小孩子……有了什麼變化才會是大人……店長你呢？什麼情況下，讓你覺得自己已經是大人了？」

「所謂的大人，是等到妳回過神來的時候，就會發現自己已經是大人了啊。我換個矮冬瓜也能理解的說法好了，大人並不會去思考自己是小孩還是大人。」

阿拓把杯中的啤酒喝光，而在一旁的神崎先生立刻插嘴回答：

「那當然是買了一棟房子的時候囉！」

接著，八重婆婆露出沉思的表情。

「我想想，應該是突然開始思考孩子們的將來的時候吧。」

「被賦予有責任的工作的時候！」

「我覺得應該是為家人著想的時候吧。」

翔吾和綾香也跟著說出自己的想法，最後日高輕輕地笑了。

「小孩子思考自己的事就已經費盡心力了……所以，我覺得比起自己，可以優先為他人著想的時候，就可以稱得上是大人了吧？」

知磨緩緩點了點頭將這些話銘記在心。這時，連亮介也加入了話題：

「我的想法和大家比起來或許很微不足道，但硬要說的話……應該是當遇見足以令自己停下腳步的困難時，擁有能夠跨越困難的『堅強』的時候吧。也就是說……當遇見了想要守護的重要的人時，人就會自然地變成大人。」

在他身旁的佐奈似乎感到有些害臊地露出靦腆的表情。

看見他們兩人，讓知磨心生嚮往。當然，自己還沒有遇見如亮介所說的「重要的人」。無論發生什麼事都願意挺身而出，會讓自己想要成為他的夥伴的人……

知磨突然回想起以前發生過的事，那是圍繞在現今仍擺在六分儀置物架上的房屋模型所發生的故事。當知磨在人生的重大轉折點前感到緊張不已時，阿拓的一句話帶給她勇氣。

『我是站在妳這一邊的……日高也是。』

那是怎麼一回事呢？那句話蘊含著什麼樣的情感呢？

當知磨思考著這些事而發愣時，吵鬧的聚會上，已經轉移到別的話題了。

日高顧及沉默了好一會兒的知磨，溫柔地問道：

「小知，妳沒事吧？」

「咦？店長，不好意思……我有一點，不，是非常沒有信心也說不定。就算滿二十歲能夠喝酒了，但能不能成為一個有用的大人呢？」

「沒有人完全不會感到不安就這樣成為大人……大家都是一邊煩惱，一邊找到屬於自己的生存方式。」

「就是這樣，輕鬆面對就好。」

一回過神，日高和阿拓總是在她身旁守護著她。而到了關鍵時刻，平時對她很嚴厲的阿拓也會很溫柔地指引她。知磨雖然覺得他這樣「很狡猾」，但又總覺得很難為情。

她為了要掩飾害臊而轉移話題。身穿短袖襯衫的阿拓露出的漂亮手腕映入了知磨的眼簾中，讓她想起離開六分儀前在置物架上看見的手錶。

「……話說回來，阿拓不怎麼戴手錶呢。」

在場的五名男性之中，就只有阿拓的手腕上沒有繫著手錶。而他只是冷哼了一聲。

「我又不是過著會被時間追著跑的生活。」

「聽起來好像不是什麼值得自豪的事……」

「阿拓只是無時無刻都被截稿日追著跑而已呀。」

「日高你不要說出來……所以呢？矮冬瓜，妳什麼時候要喝酒？」

知磨的手裡握著已經不曉得是第幾杯的烏龍茶。

「嘿嘿……說得也是，但總覺得一旦說要喝，反而提不起勇氣來……嗯，不過，我可以的，我要挑戰看看！」

約莫一個小時後。

知磨將倒滿日本酒的小酒杯握在手中，露出滿面的笑容。而在她的面前，總共有整整七支空酒瓶。

「這好甜~好好喝呢。快呀，阿拓你也喝看看嘛。」

然而，一旁的阿拓已經醉倒在地。

「妳啊，妳……那什麼奇怪的身體……不可能，妳的臉色竟然沒有半點變化……」

「阿～拓？你的聲音太小聲了我聽不見你在說什麼啦。啊，還是綾香妳要喝呢？來，請喝、請喝。」

對面的綾香，金色的長髮垂在額頭上，歪著頭露出苦悶的表情。

「……唔，身經百戰的我，偏偏輸給妳這種樂天女大學生……」

不知道樓下的客人們是不是已經平靜下來了，神田的大師傅龍之介走上樓來查看狀況，他看著一臉茫然的知磨和四周的情況，輕輕地笑了。

「小姑娘，妳還真是個難得一見的奇才呀。」

聚會結束後，一踏出店門，迎接他們的是滂沱大雨。

他們目送亮介和佐奈甜蜜地緊靠在一起，共撐著一把傘離開。神崎先生似乎發自內心感到開心，說了一句：「可惡，接下來才是最令人期待的事嗎！」結果被笑容滿面的八重婆婆用力地扯著耳朵。

日高扶著幾乎無法靠自己的力量站立的阿拓，露出了苦笑。

「竟然醉成這樣，阿拓果然還是小孩子啊。」

「吵……吵死了……是那矮冬瓜、太奇怪……她根本不是正常人……」

「說這種話對小知太失禮了吧？注意你的用詞……沒辦法，我會負責把阿拓扛到床上，小知妳就和綾香共撐一把傘吧。」

日高若無其事地撐開阿拓的傘。當知磨正打算要讓自己的思考回路運作時，綾香湊到了她的耳邊悄聲說著：「也就是說……」

「……這代表，日高先生要跟櫻宮老師睡在同一張床上嗎……？」

「咦？啊，綾香，妳在說什麼……」

「我可不要啊，阿拓的睡相很差。」

為什麼那麼小聲的悄悄話他也能聽見？雖然她們感到相當不可思議，但是日高只是微笑著說道：

「阿拓喝醉以後睡相會變得更糟，我已經被他踢過好幾次了。」

「咦？」兩人異口同聲地說道。日高重新扶好阿拓後說道：

「那麼，妳們兩位回家路上小心喔，晚安。」

踩著平穩步伐的日高和幾乎不省人事的阿拓，兩人共撐著一把傘，消失在深夜的自由之丘街道上。

兩名女子就這樣呆愣在神田的店門口。

好一會兒後，知磨終於回過神，她微微一笑，抱住綾香喃喃地說：

「綾香，我們也共撐一把傘回去吧，靠近一點。」

「喂，住手！妳不會是現在才開始醉吧！」
「我才沒醉呢！綾香妳剛剛不是才在我身上亂摸了一把嗎？」
「咦？什麼？啊，話說回來，阿純還倒在店裡耶，糟糕。」
「綾香，我不會讓妳逃走的！」
「放開我！救命啊！」
這一夜，氣象局宣布關東地區正式進入梅雨季節。

第1.75章
女神的凝望

提起十月份的國定假日，就是體育節（註1）了。從體育節的前一天開始，自由之丘會舉辦一年當中最活力旺盛的活動，為期兩天的大規模城市慶典。

也就是「女神祭」。

雖然體育節當天是星期一，但由於是國定假日，大學也放假。上午，知磨前往自星期六以來連續第三天的打工，她一如往常地在自由之丘車站下車。

舉行女神祭的這段期間，站前圓環前架起了可以舉辦演唱會或時裝秀的大型主舞台。在縱橫交錯的街道上，各個商店街也都會自行架起小型舞台，或是舉辦相關活動，並在店門口排列著許多大特賣的花車。

知磨望著眼前別於以往的景象，按捺住心中高昂的情緒，朝著六分儀邁開步伐。

「咦？真的可以嗎？」

知磨停下握著拖把的手，吃驚得揚起語調。

「嗯，因為小知這個週末很努力地工作了呀。難得碰上女神祭，去年妳也沒去成，今天妳就好好地去逛一逛吧。」

「雖然很感謝店長的好意，但是店裡不要緊嗎？咦？阿拓呢？」

日高站在吧檯內煮沸熱水，露出調皮的笑容。

「阿拓今天的工作就是在『義大利麵鐵人賽』中獲勝，然後在發表得獎感言的時候順便替我們的店宣傳。」

「阿拓要上場比賽嗎？」

「我光是說服他就費了一番功夫呢。」

日高一派輕鬆地說道，這讓知磨感到相當訝異。因為她和綾香從半個月以前就有意無意地催促阿拓參加比賽，但阿拓總是左耳進、右耳出。知磨先將自己難以釋懷的心情擺到一邊，怯生生地開口問道：

「那個……這樣真的好嗎？今天的客人也比平時多……」

日高豎起了食指，對她眨了眨眼。

「不要緊，我會派一份只能在戶外做的工作給妳。」

日高將東西擺到吧檯上後如此說道。那是一個略大的籐籃，裡頭裝著好幾袋烘焙過的咖啡

註1：十月的第二個星期一，設立目標為「愛好體育、培養健康的身心」。

豆。咖啡豆分裝成約一百公克的小包裝，和六分儀咖啡館提供給外帶用的販售商品是一樣的。此外，還有一些小紙杯和一個保溫瓶，瓶中裝有提供試喝的咖啡。

「我想拜託小知今天當一下『賣咖啡豆的小女孩』，妳可以一邊逛女神祭一邊賣咖啡豆、發送我們店的名片和傳單。」

「原來如此，如果能為六分儀的營業額做出一點貢獻的話，我很樂意。」

「太好了。另外，我還準備了這個。」

日高笑咪咪地將手中一疊約名片大小的紙遞給知磨，紙張上印著俏皮的咖啡杯圖樣，一旁則印刷著這樣的文字：

禮物兌換券

下次光臨本店時，可持本券兌換「六分儀糕點師特製瑪德蓮小蛋糕（三入）」。

兌換期間：原則上只限週末（至二〇××年十月底為止）

「等、等一下，店長！這是……」

「抱歉，我想借助一下小知的人緣，擅自做了這個東西。」

面對笑得天真無邪的日高，知磨也生不起氣來，倒是感到戰戰兢兢，從今以後製作甜點時得更加賣力了。

為了達到宣傳效果，「賣咖啡豆的小女孩」決定打扮成服務生的樣子。知磨在休息室裡換上平時的服裝，繫上黑色的短圍裙，背起用來裝營收和零錢的斜背包。由於是不太習慣的裝扮，讓她多花了一點時間。

她推開休息室的門，回到了外場，看見日高止在用吧檯上的復古黑色電話和別人交談。他使了個眼色，指向裝有咖啡豆的籐籃。知磨點點頭，捧起籐籃，並向日高點頭示意後，推開六分儀的大門。

「……如果是為了海倫，我隨時都可以過去。」

聽見日高刻意壓低的嗓音，知磨錯愕地回過頭。在門完全闔上的前一刻，她看見日高背對自己，將話筒貼在耳邊的背影。

以日高來說，那算是相當罕見的苦惱口吻。

知磨走在參拜步道上，腦海裡浮現一名叫做「海倫」的迷人金髮美女。

「雖然店長有凜和悠人兩個孩子，但他現在是單身……」

或許就是那麼一回事吧，這也並不是什麼奇怪的事。知磨轉變了念頭後，重新捧好手中的籐籃。

穿過了鳥居，知磨馬上賣出了第一包咖啡豆，這讓她高興得差點跳起來。但當她要遞出瑪德蓮小蛋糕的兌換券時，實在是難掩心中複雜的情緒。她盡可能露出笑容，目送第一位客人離去。

她繼續走了一會兒後，在嘉德麗雅路（Cattleya Road）和鈴懸路的交叉口，看見一個陌生的小型舞台。舞台旁的帳篷裡販賣著酒精飲料和食物，還可以在舞台附近的桌椅上邊吃邊享受表演。

知磨不經意地瞄了舞台一眼後，大吃一驚。現在正在舉辦爵士樂的演奏會，而演奏薩克斯風的人正是Kitchen+未來的繼承人——小湊。

他的演奏技巧簡直和六分儀的那場小型演奏會不可同日而語，進步之多連外行人的知磨也能夠明顯感受到。

「……哇，及時趕上了！」

知磨轉頭看了一眼奔跑到她身邊的人，發出了驚呼。

那是穿著引導小天使制服的神田繪美里。

「知磨妳這身裝扮……是在工作嗎？」

「嗯，繪美里也是在做引導小天使的工作嗎？」

「嘿嘿，我拜託其他夥伴讓我偷偷溜出來一下！因為我無論如何都想看這場表演！」

對話告一個段落後，繪美里全神貫注地盯著舞台。在一旁觀察她的知磨發現她一直凝視特定的演奏者。知磨循著她的視線望去，又大吃了一驚。繪美里紅著臉並帶著熱切的視線注視的對象，不是別人，正是小湊。曲子演奏完畢，繪美里熱烈地鼓掌，並注意到知磨的視線。

「……很帥氣吧？我是在去年的女神祭上湊巧看到的，聽說他今年也會上台表演就……」

繪美里羞澀地低下頭，她的舉動十分可愛，讓知磨不禁也跟著害臊起來。每個人還真是各有所好呀。

舞台上的表演成員開始調整自己的樂器，知磨下意識地將身體瑟縮在繪美里的身後。如果小湊看見自己，又毫無惡意地向她揮手的話，事情會變得很麻煩也說不定。她突然對思考著這些事的自己產生些許的厭惡。

「我差不多要離開了……啊，對了，繪美里。」

「什麼事？」

「妳知道『海倫』嗎？其實店長他——」

聽到一半，繪美里恍然大悟地笑了。

「妳說日高先生？咦？我記得他最近比較迷戀艾瑪不是嗎？」

「咦！」

知磨的腦海裡抹去了對海倫的想像，取而代之的是浮現了高䠷的紅髮美女的朦朧身影。

正當她想要問得更詳細時，台上開始演奏下一首曲子。知磨猶豫著該不該打斷專注凝視著舞台上的繪美里，她捧起籐籃，悄悄地離開了現場。

究竟是怎麼一回事？她還以為日高鐵定是和那位名為海倫的外國女性處於熱戀中呢。不過，引導小天使掌握到的消息準確度，知磨可是相當清楚。

「店長該不會是……」

雖然知磨並不曉得日高離婚的原因，但她還是不認為會有那種可能性。在海倫和艾瑪之間腳踏兩條船這種事……和日高的形象實在差太多了。

知磨思緒紊亂地邊走邊望著成排的大特賣花車，不知不覺間就走到了站前圓環前。

主舞台上響著熱鬧的音樂，舞者們隨著音樂翩翩起舞。知磨欣賞了好一會兒，接著輪到盛裝打扮的模特兒依序在舞台上昂首闊步，看來這是一場結合舞蹈表演和時裝秀的活動。

有個路人向知磨搭話，讓她又順利賣掉了一包咖啡豆。她走到佇立於圓環中央的女神像旁，微微地嘆了口氣。

「妳在這個地方做什麼？」

知磨驚訝地抬起頭，阿拓板著臉孔站在她面前。在路上看見穿廚師服的人，感覺還真新奇。不過，周圍也有好幾個像是廚師的人穿著類似的衣服，她馬上意會到這裡是下一個活動「義大利麵鐵人賽」的選手準備區。

「在工作呀，我今天是賣咖啡豆的小女孩。」

知磨若無其事地舉起手中的籐籃，阿拓冷哼了一聲。

「……小女孩？」

「有什麼不妥嗎？你還真有禮貌啊，人家好心來替你加油耶。」

面對一臉狐疑的阿拓，知磨加重了語氣：

「是真的啦，店長拜託我到外面來販售……阿拓你要努力取得優勝喔，六分儀的宣傳就靠你了，我也是相當努力。」

她將一張瑪德蓮小蛋糕兌換券遞給阿拓如此說道。阿拓看完後，淺淺地笑了。

「妳也是日高的受害者嗎？」

「也沒有那麼慘啦……啊，對了，阿拓，最近店長他……那個……」

看見知磨支支吾吾的模樣，阿拓露出詫異的神情。

「他有正在交、交往的戀、戀人嗎？」

「啊？妳說什麼？」

「那個……就是海倫或是艾瑪……」

阿拓聽見這幾個名字，露出恍然大悟的神情後，嘆了一口氣。

「還有珍妮佛吧……真是的，他最近一天到晚都在搞那些事。」

「等、等一下，阿拓！」

「啊？」

「竟然有三個人，到底是……」

出乎意料之外的發展，讓知磨的思緒陷入了一片混亂之中。而且這個時候工作人員恰巧將阿拓叫到遠處，使得知磨只能懷抱著無從解決的疑問，苦惱地環顧四周。這時，她看見了一張熟悉的面孔。總之，現在先分散注意力，暫時忘掉那些讓她心思混亂的事吧。知磨如此下定決心，開口呼喚眼前的人。

「翔吾先生，您好。」

他回過頭來，身上穿著襯衫及西裝褲，私底下的穿著相當簡單。他看見知磨時，並沒有像平時一樣眉開眼笑，只是仔細地從頭到腳上下打量完知磨後，露出了微笑。

「哎呀，這不是挺可愛的嘛，光論外表的話是人家喜歡的類型呢。」

「翔、翔吾先生？」

眼前發生了一件令她料想不到的事，讓知磨頭昏眼花。

「吉川小姐！妳是來幫我加油的嗎！」

這時，身穿廚師服的翔吾出現在一旁，他露出了如向日葵般爽朗的笑容。這是知磨記憶中的翔吾沒錯。

「……有兩個翔吾先生？」
隨後，他有些歉疚地笑了。
「咦？吉川小姐不知道嗎？這是我的雙胞胎哥哥。」
「我叫做樫村遼吾。」
外表和翔吾一模一樣的遼吾俏皮地向她眨了眨眼，知磨感到一陣頭暈目眩。
「我、我是吉川知磨……抱歉，我不曉得。不、不過還真像同一個模子刻出來的呢，兩個人站在一起的話，我完全分不出來誰是誰呢。」
「哎呀，這話真失禮呢，不管怎麼看都是人家比較漂亮吧。」
雖然一說話就能明顯地辨別兩人，但外表看起來真的是如出一轍。
「只要掌握到訣竅，就能輕易分辨了。」
身後傳來了阿拓的聲音，他似乎和工作人員討論結束了。阿拓大步地走到翔吾身旁，指著他的側頭部。
「翔吾這邊的頭髮會翹起來，因為他的髮旋長在很奇怪的地方。」
「咦？咦？……啊，真的耶。」
知磨來回觀察著樫村兄弟，確實如阿拓說的有所差異。
「慢著，小拓。為什麼你會知道翔吾的髮旋長在哪裡呀？你是多仔細地觀察他呀？」

原本以為當事人翔吾會感到不悅，但他不知為何露出了有些害臊，又有點開心的笑容。

「煩死了，快速分辨你們這兩個讓我頭痛的來源，是我在自我防衛時必備的技能好嗎！」

阿拓不耐煩地抱著胳膊，腳尖不斷敲擊著地面。

「還真是一如往常冷漠的男人啊，真不曉得翔吾為什麼要執著在這個人身上。」

遼吾失望地垂下肩膀，嘆了一口氣。

「因為綱島先生是我的目標啊！」

「像這種懦弱的男人人家才不敢奉陪呢。」

「那句話我原封不動地還給你……喂，翔吾，比賽差不多要開始了。」

不知不覺間，舞台已經布置完畢了。

阿拓和翔吾走到了舞台的後方沒多久後，一名女性司儀出現在舞台上，宣布「義大利麵鐵人賽」正式開始。

剩下知磨和遼吾兩人留在原地。雖然知磨也順道陸陸續續賣出了幾包咖啡豆，但總覺得無法離開這個場所。而遼吾也倚在女神像的腳邊，遙望著舞台上的決賽。

參加比賽的選手包含阿拓和翔吾在內，總共有六人。每個人都是在競爭激烈的自由之丘，支撐著自家咖啡館的頂尖廚師。

翔吾等各個選手，每個人都幹勁十足，臉上充滿自信，唯獨阿拓一如往常地板著臉孔。知磨看見這一幕，不禁覺得好笑，輕輕地笑了出來。

在司儀說明完規則，所有廚師各自走向自己的料理台後，比賽正式開始。比賽的規則是在時間內充分運用自己的技術做出一道料理，並交由評審試吃和評分。

沒有客人上前購買咖啡豆後，知磨凝視著舞台上一如往常平靜地處理食材的阿拓。

隨後，身旁的遼吾低頭瞥了她一眼，如此說道：

「莫非妳是小拓的戀人嗎？」

知磨嚇得心臟差點從口中跳出來，但她仍努力地冷靜回答：

「不是的，我只是週末會在六分儀咖啡館打工的工讀生，平日要去大學上課。」

知磨望著手中的籐籃，遼吾則微微揚起嘴角。

「妳長得這麼矮不隆咚，人家還以為妳是高中生呢……而且小拓都這把年紀了，竟然會對妳這種……」

「這種是指什麼？」

知磨筆直地望著遼吾像是在打量她的視線，遼吾和她對視了好一會兒後，微微一笑。

「妳是那種會被女孩子排擠的類型對吧？」

「咦？」

「我瞎猜的啦。不過，我總是會猜中呢。」

「是嗎？」

看見知磨難掩心中的困惑模樣，遼吾第一次對她露出了些許溫柔的笑容。

「不過，至少和小拓相比，我還比較中意妳呢。下次一起去喝一杯吧，妳能喝酒嗎？」

「可、可以，應該可以。」

知磨回想起在神田發生的事，不禁語帶保留地說道。

在那之後，遼吾和知磨有一句沒一句地閒聊著，背後突然響起眾多女性的尖叫聲。知磨連忙回過頭。

「快看，那不是紅茶王子嗎？」

女生們交頭接耳，視線停留在一名身材高眺的男子身上。

他穿著服務生裝扮，純白的襯衫在陽光的照射下閃閃發亮，還擁有造型過的俐落短髮，以及精明強悍的五官。

男子大步邁開步伐，瞥了知磨的臉一眼後，穿越圓環廣場的人潮，走向了鈴懸路。

知磨目送著他的背影離去後，又將視線轉回了舞台上。她突然察覺到遼吾的異狀，露出詫異的神情。

「遼吾先生？怎麼了嗎？」

他極力縮起那健壯的體型，雙手環在胸前，凝視著逐漸遠去的紅茶王子的背影。

「多麼……美麗呀……」

他的視線充滿著熱情，雖然不像繪美里那樣「十分可愛」，但也是挺可愛的。他突然轉過身，用力抓緊了知磨的肩膀，神色凝重地問道：

「妳知道剛才那位紳士是什麼人嗎？女孩子們喧喧嚷嚷成那樣，莫非是很有名的人嗎？」

「我、我不知道……不過，剛才聽見女生們喊他『紅茶王子』……」

知磨慌張地回答後，遼吾鬆開手，一手緊抓著胸口，帶著哀傷的眼神望著男子消失的街角。

「啊啊，美麗的紅茶君子啊……」

接著，他彷彿被一股無形的力量牽引般，邁開步伐，消失在人潮之中。

『那麼，我們即將公布義大利麵鐵人賽今年度的冠軍得主！細膩而高雅的口感獲得評審委員們的一致好評，冠軍就是蟹肉奶油義大利麵！六分儀咖啡館的綱島主廚！』

舞台上傳來的聲音讓知磨嚇得連忙回過頭，司儀舉起了阿拓的右手，阿拓則是板著臉孔接受觀眾們的掌聲。

「糟糕，錯過了最重要的一幕……阿、阿拓會生氣的……」

知磨不禁感到坐立難安，匆匆地離開現場。正當她彎進巷弄時，又碰見另一張熟悉的面孔。

她遠遠地就看見對方站在一條街外的轉角處，不曉得在和誰說話。

「……凜？」

凜穿著連身洋裝和涼鞋，微微地向上仰望。對方似乎比她高，但又不像是成年人。從知磨的角度看過去，對方正巧被轉角的牆面擋住而看不見面孔。這時，對方伸出了手，將某樣東西遞給凜。凜收下像是筆記本的東西，小心翼翼地用雙手抱在胸前。

「那是……凜最寶貝的圖畫書筆記本吧？」

知磨記得她時常坐在六分儀的吧檯邊，攤開色鉛筆，在那本筆記本上畫畫。

接著，凜似乎開始和對方交談，時而露出笑容，時而害臊地低下頭。對方又再次伸出手，輕輕地將某樣東西放在凜怯生生的掌心中。隨後，她馬上向對方揮手道別。

知磨躊躇了一會兒，但又不願意刻意迴避。她捧起籐籃，緩緩地靠近了轉角處。凜放下手，在環視四周的同時，發現了知磨。她大吃一驚，倉皇失措地將某樣東西塞進洋裝的口袋中。知磨佯裝自己現在才發現凜的樣子，笑著走到了她的身旁。

「妳好，凜也是來逛女神祭嗎？」

「……唔、嗯，那個，爸爸叫我來看看。」

「這樣啊。啊，難道是來寫生嗎？」

知磨看著凜手中的筆記本問道。

「嗯，不過……剛剛在人群裡不小心弄丟了……那個……」

「那真不得了，還好妳有找回來。」
「……是一個不認識的人撿到的。」
「是喔，是女生嗎？」
「不過，筆記本的內容被看到了。」
凜搖了搖頭。
知磨吃驚了一下。
「妳不想讓他看嗎？」
「不是，我跟他說看了也沒關係……然後，他誇獎我青蛙畫得很棒，還有……他說自己不要了，就把這個給我了。」
凜怯生生地從洋裝的口袋裡拿出一個可愛的青蛙造型髮夾。一問之下才知道，那個男孩子似乎在大特賣的花車中買了青蛙的混裝商品。
「那間店叫做FROGS，就在那裡。」
凜開心地告訴知磨。
「凜，妳要不要把那個髮夾別到頭上試試看？」
凜先是露出了慌張的神色後，微微地點了點頭，將髮夾別到瀏海上。一如知磨所料想，非常適合她。

「拓拓有參加料理比賽對吧？」

「唔、嗯……不過，已經快要結束了。」

知磨的視線飄移不定，凜牽起她的手，天真無邪地說道：

「我想看！大姊姊，我們一起去看吧！」

知磨找不到理由拒絕，只好讓凜拉著自己的手，一起回到了車站前。不知道是不是因為她們小跑步過來，或是有其他原因，她看見少女的臉頰微微地泛紅。知磨仰望著佇立在圓環中央的女神像，悄然地呢喃道：

「女神呀……祢也讓太多戀愛的花朵綻放了吧？」

舞台上，阿拓正要開始發表得獎感言。

「妳們回來啦，結果如何？」

她們回到了六分儀，日高出來迎接她們。

「拓拓得了冠軍喔！」

凜如此報告，知磨也頻頻點頭。

「這樣呀，他很努力呢……咦？最關鍵的阿拓本人呢？」

「他好像被翔吾先生強行拉去開慶功宴了。」

看見日高露出了無奈的笑容，知磨回想起她要離開六分儀之前聽到的那通電話，名為海倫、艾瑪、珍妮佛的三位美女……這種事千萬不能輕率地在凜的面前提起，知磨忍住自己的好奇心，微笑以對。

「阿拓的得獎感言如何？」

「這個嘛……六十分吧。」

「真嚴苛呢。」

知磨呵呵一笑後，開始模仿起阿拓的語氣。

「『今天做的這道料理會不會納入本店的菜單視我的心情而定……不過敝店要是倒了就不能推出這道料理了……所以，請大家前來敝店享用店長泡的咖啡。還有，請大家買一下那個矮冬瓜在賣的咖啡豆。』……他是這麼說的！」

「哈哈哈，很像阿拓會說的話。」

「很厲害喔！咖啡豆一下子就賣光光了！」

一旁的凜興奮不已地說道。知磨將空空如也的籐籃擺到吧檯上。

「小知，謝謝妳。這麼看來，阿拓的得獎感言算是有替六分儀的宣傳做出一點貢獻吧？」

「正是因為如此總覺得有點難以釋懷呀。」

「別在意了，啊，名片、傳單和兌換券妳都發完了嗎？」

知磨點點頭，往空空如也的籐籃裡看了一眼。這時，她發現有一張小紙片留在籃子裡。

「這是……？」

紙片似乎是便條紙的一部分，上面以流水般的手寫字體寫著好幾個英文字母和數字。

「呃，這是什麼……『Helen』？咦？這是？」

知磨錯愕地望著日高，而他則是露出了一如往常的溫和笑容。

「這次請小知到街上販售的商品是名為『海倫』、『艾瑪』和『珍妮佛』的特調豆，最近我花了很多時間在研究這三款特調豆呢。」

起初，知磨完全不明白日高在說什麼，她連忙打斷他的話。

「慢、慢著，請等一下，店長。那些是咖啡豆的名字嗎？是品種的名稱嗎？」

「不是品種的名稱喔，比較像是暱稱吧，都是生產者和我擅自命名。不過，還好評價還不錯。我也打電話聯絡了當地的生產農場，約好以後要向他們訂貨呢。」

一瞬間，知磨感覺自己全身無力，差點就要當場跌坐在地。她在身旁的圓板凳上坐下。

「大姊姊，妳怎麼了？累了嗎？」

「嗯，對頭腦簡單的自己感到疲憊呀。」

凜的頭頂上充滿問號，知磨輕輕地撫摸著她的頭髮後，頓時恍然大悟，臉色大變。然後，她戰戰兢兢地望著日高。

「……話說回來，店長，使用『女人的名字』當作咖啡豆的暱稱，仔細想一想……這還真的是……」

她之所以支吾其辭，是因為自己沒有辦法在凜的面前調侃日高。

不知是否看穿了她的躊躇，凜一臉得意地帶著悠然自得的口吻說道：

「因為爸爸是個怪胎啊，這也是沒辦法的事。」

「……啊、哈哈哈，這樣啊。」

看見凜點頭如搗蒜，知磨露出了乾笑。

「對了，小知，這是妳第一次逛女神祭，覺得如何？」

就算被親生女兒稱為「怪胎」，日高還是一如往常笑咪咪的。

知磨不禁深深感到佩服，她望著眼前這個愛咖啡成痴的六分儀咖啡館店長。

「謝謝，託店長的福，我玩得很開心。還有——」

知磨恢復了精神，笑著說道：

「我覺得自由之丘的女神像一定很喜歡戀愛故事。」

第2章

吾夢吾愛

『在家從父，出嫁從夫，夫死從子。女人一輩子都不能享有獨立自主。』

當他第一次聽到這句話的時候，是身在國外。街上繁多雜亂的攤販中一個販賣香料的老婦人這麼告訴他。根據老婦人的說法，這句話是源自於古老法典的其中一節。法典裡的多數訓誡支配著這個國家的人民，並深植於每個人的心中。

老婦人布滿皺紋的臉龐掛著一抹微笑，她望著在一旁的老舊寺廟裡快樂玩耍的孩童補充說道：

「不過，娘家就不同了。娘家是很寶貝女兒的，所以在我年輕的時候，最期待的事就是返鄉了。」

離開攤販，踏進了尚未鋪設路面而塵土紛飛的道路上。

走在身旁的她，吐露出直率的感想。

「要是我就絕對辦不到，我一點也不想變成那樣。」

他們後來才知道那部法典似乎是至今約兩千年前設立的，以現代人的觀感來看，對其有所抗拒才正常。

因此，他對於問出「為什麼？」感到有所顧忌而吞吞吐吐的。

「也就是說『女人要成為男人的奴隸』對吧？開什麼玩笑啊。」

「唔……嗯，說得也是。」

她彷彿沒有聽見他含糊不清的附和，繼續說道：

「女人們自己也有不對，被灌輸那種不合理的觀念，不能只是乖乖屈就，得要學會獨立自主啊。」

「……應該也要考量其他因素吧，比方說教育程度、傳統習俗或是經濟狀況等。」

他顯得有些怯懦並語帶保留地反駁。她似乎覺得悶熱而開始解開針織外套的鈕釦，並抬頭瞥了他一眼。她那像是感到詫異的眼神，讓他不禁屏住氣息。

「那樣的話，這個國家的女人不是只服侍男人就結束一生了嗎？這樣有意義嗎？」

她的言詞既直率又尖銳，彷彿直接否定了這個國家女性的生存方式，讓他的胸口感到一陣莫名的刺痛。

「不過，不只有這個國家有這種現象，我的朋友也常常這麼說呀，天底下的男人的思考模式都一樣。只把女人……應該說只把妻子當成方便自己行事的道具，或是會寵溺自己的女傭，以及聽從自己的母親似的。」

有幾個讓他啞口無言的原因。

自己只不過是一介大學生，交友圈非常狹隘。要論社會經驗頂多只有在居酒屋打工過而已，當然也沒有結過婚。不過，年齡相仿的她是個外向又善於交際的人，認識許多不同年齡層的朋友，當中也包含許多已婚者。對於為人妻子的心聲，她應該相當了解吧。

「不過，大家雖然都在抱怨，但選擇那種結婚對象的人還不是自己。要是我的話，絕對不想過那種人生。」

他無言以對而沉默不語，她則逕自說道：

「難得誕生到這個世界上，應該要做更多『對社會有助益的事』。在那之前，得先在社會上好好立足才行。」

「……『沒有做出對社會有助益的事』的人生，就沒有意義了嗎？」

他不禁脫口而出。

她抬頭望著他，眼神彷彿在說「那是當然的吧」，讓他不禁轉移視線。

對話就此中斷。

她一語不發地走著，望著排列於道路兩旁的攤販。

他微微低頭望著身旁的她露出爽朗的表情，用手指撥弄著長髮。

雖然只是學生能夠負擔的便宜旅行，但兩人單獨來到國外卻是不爭的事實。儘管他認為她應該不討厭自己，但問起兩人是否在交往，他也無法明確地回答。

冷靜回想，他們也沒有做任何像是情侶會做的舉動。不過，至少應該沒有人會跟自己討厭的人一起去旅行吧。

當他一個人久思而不得其解時，她突然瞄了他一眼，露出淘氣的笑容。

「啊，難道你是在擔心自己嗎？」

「……不是。」

他對下意識用生硬口吻回答的自己感到有點難為情。

「別擔心啦，你一定會成功。」

「……怎麼才算是『成功』？」

這個詞就像是「獨立自主」、「為社會貢獻」一樣，是她喜歡掛在嘴邊的詞。

「應該是成為作品大賣的知名暢銷作家吧？你不就是為了這個目的而寫作嗎？」

「我只是……剛好有想寫的故事。把想法化為有形的文字，很有趣也值得嘗試……」

「不過，不是有一句話叫『文勝於武』嗎？如果成為作家的話，就可以影響很多人呢，我認為那也是一種『對社會有助益』的工作喔。」

她如此笑著說道。無論他再怎麼拚命思考，也完全猜不透她的心思。

即便是現在，他偶爾還是會回想起來。

存在著陳舊傳統思想的國家，和那雜亂不堪而蠢動著的熱氣。強而有力的能量，靜靜地撼動著沉睡於旅人心底深處的「某樣東西」。

還有，她提及的「成功」這個名詞所產生的餘音。

＊　＊　＊　＊　＊

步入十一月以後，早晚的氣候溫差逐漸變大。秋天遠去，冬天的腳步也漸漸開始來到了自由之丘。

星期日，知磨在前往六分儀的途中，恰巧在站前圓環看見了繪美里的身影。她穿著不知道是不是冬季制服的卡其色大衣，看見了知磨後奔跑而來。

「早安！知磨妳要去打工嗎？啊，妳穿的這件毛衣好可愛喔！是我喜歡的風格！」

「真的嗎？謝謝。繪美里的這身裝扮是引導小天使冬季的制服嗎？」

「對呀！好看嗎？」

看見知磨笑著點了點頭，繪美里開心地露出靦腆的笑容。

「嘿嘿，對吧！」

知磨發現她的耳邊好像有東西在閃閃發亮，仔細一看，是個銀白色的耳環。花朵與樹葉的組合，像是手工製作而成，令人覺得樸實又可愛。知磨有些顧慮地指向繪美里的耳邊。

「好可愛，我第一次看見妳戴耳環呢。」

「啊，妳說這個嗎？嘿嘿，很可愛對吧！我在一間叫做巴塞羅的店裡看到它，一見鍾情就買下來了！」

「是雜貨小店嗎？」

結果繪美里說出了陌生的名詞。

「它不只是單純的雜貨小店，還是一間公平交易的店！」

「……公平……交易？」

知磨反射性地反問。就在這個時候，有兩名中年女性走過來向繪美里問路。她們似乎想去電視節目上介紹的咖啡館，卻不知道位置。繪美里朝氣蓬勃地回答她們，但視線不時地瞄向知磨。為了不妨礙她工作，知磨簡單地用眼神向她示意後，悄悄地離開，朝著六分儀邁開步伐。

熊野神社內掉了滿地的落葉，抬頭便能輕楚地看見清澄而寒冷的天空。

知磨一邊享受著冷冽的空氣，一邊在參拜步道的途中彎進右手邊的小路。抵達六分儀咖啡館的門口後，她不經意地從大面的玻璃窗外窺看店內。

「……那是誰呀？是客人嗎？」

眼前的景象完全奪走了她的目光，她下意識地縮起身體，打算從窗邊的一角悄悄地窺探室內，但她馬上感到有些後悔。

店裡有兩個人。不是日高，而是阿拓坐在吧檯最右邊的固定位置上，背對著窗外，大概正在用筆記型電腦寫作吧。

在他身後的是一名長髮飄逸的妙齡女子，正倚靠著雙人桌椅座位站著。她身穿長褲套裝，是名體態修長的美女。偶爾可以看見她的側臉上掛著一抹親暱的笑容，似乎在和阿拓聊天的樣子。當然，知磨聽不見兩人交談的內容，甚至連背對著自己的阿拓有沒有回應女子的話也不清楚。不過，她唯一明白的是，從女子開心的笑容推測出兩人之間的關係應該相當親密。

「阿拓明明從來不在客人面前寫小說。」

那名女子果然是阿拓熟識的人吧。就在知磨進不了店裡而在外面徘徊時，女子突然在店內開始走動。她笑著拍了拍阿拓的肩膀後，走向了門口。知磨大吃一驚，連忙離開窗邊。她慌慌張張地掩飾臉上動搖的神情，並佯裝成剛剛抵達的模樣。旋即，眼前的門被推開來了。

女子露出驚訝的神色，對方果然是比自己還要成熟的女性，這讓知磨反射性地忘了要向女子點頭打招呼。女子走出店外並幫她按著門把，知磨輕聲道謝後，走進了店裡。女子放開門把，正當門要闔上前時，傳來了輕聲的呢喃。

「難道妳是……」

門在知磨的身後闔上，蓋過了女子的聲音。知磨一回過頭，和女子隔著門板上的玻璃四目相交。女子露出滿面的笑容，這樣親暱的舉動反倒讓知磨頓時感到不知所措，因而帶著生硬的動作向對方一鞠躬。當知磨再次抬起頭時，女子的長髮被風揚起，她留下了意味深長的微笑後，揚長而去。

「哦……妳要是早一點來的話，就能介紹給妳認識了……真是的，日高那傢伙，這麼重要的時刻偏偏不在。」

知磨回過頭，看見阿拓一邊碎念，一邊將手裡的東西翻面後，擱置在吧檯上。雖然只是輕輕一瞥，但那似乎是一張明信片。

「阿拓，早安……店長呢？在休息室嗎？」

「是啊，他從剛才就一直窩在裡面的倉庫，然後那傢伙突然就來了。」

知磨露出含糊的微笑，見到阿拓預備再度張開口時，急忙挺身向前。

「我先去換裝了！」

知磨搶在阿拓開口前，精神飽滿地宣告後，奔向了休息室。

這一天，或許是因為店裡的工作沒有很忙碌，知磨的腦海裡偶爾會浮現出那名女子在離開前最後露出的那抹微笑。

傍晚時分，不湊巧地下起了滂沱大雨，以致六分儀咖啡館裡一個客人也沒有。日高站在吧檯內，專注地嘗試著剛烘烤完的咖啡豆的調合比例。阿拓則是坐在吧檯最右邊的座位上，盯著筆記型電腦的畫面。

咖啡豆在玻璃容器裡滾動的聲音、香味、雨聲、如流水般的鍵盤敲打聲。知磨任由自己沉浸在這股氛圍之中，輕輕地閉上雙眼。這時，門突然被一把推開，雨聲瞬間變大。

「歡迎光臨。」

拿著濕漉漉的雨傘走進店裡的是一名身型偏瘦而修長的男子，眼鏡底下的雙眸蘊藏著若隱若現的自信，他是阿拓的責任編輯——澤木。

「知磨小姐，妳好呀，妳今天也好可愛呢！……哎呀，老師您正在寫稿嗎？廚房的工作不要緊嗎？」

阿拓扭過頭瞥了他一眼，瞇起雙眼不悅地說道：

「你看了還不明白嗎？還不是因為你們突然把截稿日提前了。」

「關於這件事真的是很抱歉啊，可能是因為總編輯的企圖心比較強吧。」

「沒差……我們開始討論吧。」

「好的。知磨小姐，麻煩給我們兩杯六分儀特調。」

阿拓和澤木走到窗邊的桌椅座位坐下，澤木拿出兩疊原稿擺在桌上，馬上開始討論。

知磨將點餐的內容告訴日高後，如常地填寫點餐單並準備好收據。

當她遞上水杯和濕毛巾時，阿拓一邊翻閱著原稿，一邊開口向澤木問道：

「新書的銷量如何？」

澤木抬起視線，看了阿拓一會兒後，又將視線移回了原稿上，如此回答：

「開始發售到現在還不到半個月呢。」

「只是拿來參考而已，你那邊應該有數據吧？」

「……目前的市場銷售率大概是三〇%左右。」

阿拓微微地嘆了一口氣，知磨就算聽了這個數字，也不明白究竟是好還是壞。

「唉，差不多就是這樣吧。」

「並不是說銷量不好，只是……」

「要再加把勁，對吧？」

「老實說，是的。」

頓時，桌椅座位陷入了一陣沉默。當然，知磨也沒有從中插話。沒多久，兩人又開始翻閱手中的原稿。無論是阿拓，還是澤木，都沒有露出像是走投無路的表情，而是平靜地面對自己該做的事、只有自己能做到的事而露出認真的神情。

知磨的心頭燃起一股憧憬。她離開桌椅座位，走到了正在沖泡六分儀特調的日高身旁，用著只有日高聽得見的小聲音量問道：

「店長，阿拓的小說你全都看過了嗎？」

「咦？嗯，是呀。不過，我沒有辦法像小知那樣提供阿拓很多意見呢。我除了咖啡以外的事都不是很了解。」

「……我只不過是個外行人在出一張嘴罷了。」

「不過，阿拓都很認真聽取小知的意見，也會盡可能採納那些建議呢。」

日高的這一番話令知磨驚訝不已，這還是她第一次聽說。她一直認為，阿拓對於她說的話肯定都是左耳進、右耳出，實際上他也會這麼做。

不久後，日高將沖泡完的兩杯咖啡擺在吧檯上，知磨則用托盤將咖啡端到了座位上。她默默地將咖啡遞到了兩人面前，盡可能不打擾到他們。澤木向她點頭致謝，但阿拓則是埋頭於原稿之中，似乎完全沒有注意到她。知磨站在他的斜後方注視了好一會兒後，將托盤抱在懷裡，悄悄地離開。

這一天，兩人討論得比平時更久，直到太陽完全下山以後才結束。知磨站在遠處觀察著兩人，有時也會看見兩人大聲爭執的模樣，就連她也感受得到那一觸即發的緊張氣氛。不過，無論是阿拓或是澤木，都抱持著相同的心情，那就是想要讓作品更好。正因為如此，也才會發生意見相左的情況。

結束打烊工作後，知磨獨自走出六分儀，沿著光街走向車站。雖然雨已經停了，但她還是打開包包確認自己是否有帶折疊傘。這時，她赫然發現有東西忘了拿——自己不小心將讀到一半的文庫放在休息室裡。她猶豫了一會兒，下次打工是下個星期六，那本書是為了用來在平日打發時間而買下，等到下個週末再來拿就沒意義了。知磨停下腳步，向後一轉，走回六分儀。

雖然店門口的燈已經熄了，但鐵門還沒拉上。她小心翼翼地推開門，已關掉廣播的寂靜店內響起了門鈴聲。

「嘿嘿……抱歉，我有東西忘了拿。」

店裡只有阿拓一個人。難得站在置物架前的他錯愕地回過頭，不過一發現進來的人是知磨後，臉上的驚訝神色也跟著褪去。接著，他再次背過身，努力用和緩而鎮定的動作將某樣東西擺回置物架上。

「阿拓，怎麼了嗎……？置物架我剛才已經好好地打掃過了喔。」

「我知道。」

「難道……是小姑的突擊檢查嗎？」

知磨用食指在空中劃出一個弧度，戰戰兢兢地問道。阿拓不懷好意地露出笑容。

「妳想要我那麼做嗎？」

「恕我鄭重拒絕。」

「真拿妳沒辦法，這次就放過妳吧。」

雖然她並沒有看得很清楚，但以置物架的排列位置來看，剛才阿拓拿在手中的是錶面玻璃上有著裂痕的手錶。她輕輕地走到阿拓身旁，一起凝視著置物架。當知磨的視線落在那支手錶上時，她突然察覺到一件事。

「……咦？話說回來，我今天看到這支手錶的時候，指針是靜止不動的呀。」

但是，現在卻正常地運轉著。也就是說，有人幫這支錶換過電池了吧？若要說是誰換的，依照這個情況看來，肯定是阿拓沒錯。但此時，知磨感到一陣不協調，手錶的指針標示的時間晚了三個小時。

「阿拓，你明明換了電池，卻沒有調整時間耶。」

「別管我，我很忙。」

阿拓不耐煩地說道。他轉過身，在吧檯最右邊的固定位置上坐下，解開螢幕密碼後，一如往常地盯著筆記型電腦的畫面。

「那個，休息室應該沒鎖吧？」

看見阿拓肯定地點了點頭後，知磨拉開門，拿走還擺在桌面上的文庫本。當她回到外場時，發現阿拓坐在圓椅子上抱著胳膊，閉起雙眼。

知磨站在他身旁，小心謹慎地開口：

「寫作還順利嗎？」

阿拓睜開雙眼，帶著詫異的神情瞄了她一眼。

「怎麼突然這麼問？」

「沒什麼，我只是覺得一個工作結束了還要再做另一份工作，看起來很辛苦呢。」

聽完這一番話，阿拓冷哼了一聲。

「是我自己想要這麼做……而且，所謂的作家，一旦編輯不再花時間與他討論的時候，他的作家生涯也就到此為止了。只要還有一點機會，就應該持之以恆地繼續寫下去。」

「總覺得……好厲害喔。」

面對知磨率直的感嘆，阿拓像是在掩飾般乾咳了幾聲。

知磨注意到他的舉動，連忙轉移了話題。

「你看，我現在正在讀這本書喔。」

她朝阿拓舉起手中的文庫本。那是已被翻拍成電視劇、電影，在書店裡總是被擺在最顯眼位置的暢銷大眾推理小說。阿拓當然不可能不知道這部作品，但他只是微微地點了點頭，並沒有多說什麼。

「啊，我當然也看了《失戀症候群》喔。我可是在出版日當天就買了呢。」

那是阿拓最近出版的新書。

「妳想看也不用特意去買啊，我這裡有樣書。」

「不行，我是一定要自己買的類型……啊，還有，竟然！我拜託大學生協（註1）的書店幫忙宣傳了喔。」

看見知磨帶著些許戲謔的口吻向他報告，阿拓露出了笑容。

「是嗎，宣傳辛苦妳啦。」

「有薪水可以領嗎？」

「說什麼傻話。」

「嘿嘿，說得也是。」

接著，知磨開始躊躇不決，她還沒有把這次的感想告訴阿拓，所以打算趁著這個機會告訴他。腦海裡浮現白天阿拓和澤木兩人認真討論的模樣，更推了她一把。

「關於這次的新書，我覺得故事的進展很棒，起承轉合豐富，也很有氣勢，讀起來很輕鬆，只是……」

知磨還是猶豫著該不該說出口。

「只是什麼？」

阿拓平靜的眼眸筆直凝視著知磨，讓知磨感受到一股不得不說的壓力。

「翔子她……好像沒什麼精神，應該說，整體感覺有些灰暗。」

阿拓微微睜大了雙眼。知磨讓自己的情緒平穩下來後，繼續說道：

「我覺得阿拓的作品最大的魅力，果然還是在於翔子的魅力。」

《失戀症候群》的女主角翔子為了讓戀情開花結果而努力奮鬥，是一本以「戀愛」為主題的大眾小說。翔子是一名在外商公司工作的女性，總是在最前線的她相當精明幹練。此外，她會在休假時回老家的日式點心店幫忙，偶爾會散發出像孩子般天真無邪的一面。

嚮往著都市戀情的翔子每當碰見在意的男性，雖然會展開攻勢，卻老是無法開花結果。不過，在她努力奮鬥的過程中，她與生俱來的開朗和堅定意志，總會在不知不覺中讓周圍的人們也跟著有精神了起來。

就結果來說，多虧了翔子的失戀讓大家因此恢復精神，然而最關鍵的翔子的戀情卻始終不順遂。悲傷的背後隱約帶著些許的樂趣，這正是《失戀症候群》的賣點。

被翔子的個性吸引的男角色雖然越來越多，但翔子本人卻絲毫沒有察覺，甚至沒有將他們當成戀愛對象看待，就連這種令人焦急的情節也安排得恰到好處。

註1：在大學裡的消費合作社，由學生和教職員組成的自發性組織，會讓一般書店進校內營運。

「我個人是希望翔子能更有活力一點……話說回來，我之前就一直在想《失戀症候群》的書腰上好像特別強調這是本『戀愛小說』，但我覺得好像又有點不太一樣呢。」

「那是澤木——是編輯他們的策略。」

「說得也是呢，畢竟是工作，也會有那種情況。不過……翔子的那種『本人沒有刻意這麼做，卻自然而然地讓周圍開朗起來』的特質……該怎麼說，像是『太陽』一樣的角色？我覺得可以讓這個特質再更醒目一點。」

知磨發現自己過於熱衷，不自覺就說太多話了，便慌慌張張地轉換語氣。

「抱歉，我擅自說了一堆。」

「沒關係……這樣啊，可真困難啊。」

但是，阿拓卻只是如此呢喃道。

這樣的反應反倒讓知磨大吃一驚，以往只要她說出和作品有關的想法時，阿拓總是沉默不語地板著臉孔，更糟的情況是，他甚至會嚷著「妳什麼都不懂」而對她發火。

「阿拓？」

「或許是我自己在迷惘吧。」

阿拓說出口的話語，雖然平靜卻染上了一抹自嘲。

「就連讀者也感受到了啊，所以銷售率才會是那副德性。」

「不要緊的啦，澤木先生也說了，新書才剛出版沒多久呢。故事的發展讓人很期待下一集，之後一定會賣出更多本。」

然而，阿拓只是看著窗外一語不發，過了好長一段時間後，他才輕聲說道：

「我要去休息室，妳回家路上小心。」

「好，辛苦了。」

阿拓結束了對話，消失在門的另一側。知磨佇立在原地好一會兒後，發現自己追上去也不是，留在原地也不是，於是她默默地朝門的方向一鞠躬後，離開了六分儀咖啡館。

知磨帶著些許遺憾的心情走在熊野神社的參拜步道上，她突然發現，參拜步道旁的其中一棵樹，根部以上都被鋸掉了。知磨仔細回想，至少上禮拜她經過這裡時樹還在。昨天沒有經過熊野神社，早上又因為快要遲到而匆匆路過，直到現在她才注意到。

樹墩的大小幾乎可以坐上一個成年人，但樹幹卻腐爛得相當嚴重，中心幾乎已是空洞。這棵樹過去相當高大，樹枝朝四面八方伸展。夏天的時候，那綠油油的樹葉還會隨風搖曳。曾經是那麼充滿生命力的一棵樹，一旦倒下後才知道看不見的地方早已殘破不堪，這個事實讓知磨感到十分震驚。

＊

兩週後的星期日。

自由之丘的街道上四處瀰漫著聖誕節的氣息，一旦到了週末，造訪此地的人數隨之增加，六分儀咖啡館也因此生意興隆。

「小知，怎麼了嗎？」

人潮平靜以後，店內恢復了寂靜。日高站在吧檯內一邊擦拭著咖啡杯，一邊開口問道。整理完桌面的知磨佇立在置物架前，目不轉睛地凝視著一處。

「店長，總覺得好像……啊！」

「手錶不見了。」

擦完咖啡杯走出吧檯的日高也站到了置物架前，他立刻明白知磨發出驚呼的原因。

「……是啊，昨天我要回家的時候，它還在呢。」

「早上的時候呢？」

「抱歉，當時忙著做開店的準備，沒有特別留意到。」

「是嗎，我也是。」

日高悄悄地將手抵在下巴。
「今天也還沒有要交換『禮物』的客人。」
「是的，應該說，根本沒有人接近這個置物架才是。」
知磨的雙手不自覺地緊抓著圍裙的下襬，一旁的日高微微地嘆了口氣。
「確實……那麼，『犯人』就能鎖定在三個人身上了，就是我、小知與阿拓。」
那雙澄澈而深不見底的眼眸，讓知磨感到背脊一陣涼意，她不禁倒吸一口氣。
「不是我。」
「很可惜，也不是我。」
日高微微一笑。
「那麼，是阿拓囉？」
「唔～這就不曉得了……對了，小知。」
「什麼事？」
「妳有從阿拓那裡聽說過有關那支手錶的事嗎？」
「咦？沒有耶。我只知道阿拓最近換了手錶的電池，還有手錶顯示的時間不知道為什麼晚了三個小時，倒是沒有直接從阿拓的口中聽到什麼。」
日高露出些許躊躇的神色後，帶著溫柔的表情說：

「那支錶，從這間店一開張時，阿拓就擺在置物架上了。」

雖然知磨依稀有所察覺，但實際聽見事實後，才越來越強烈地感受到那支手錶的特別。畢竟阿拓會特意去更換電池，那支錶究竟蘊藏著什麼樣的情感呢？即使知磨明知道自己就算想破頭也得不出結果，但她仍然在意得不得了。

「其實，我也是。」

日高遙望著遠方，補充說明：

「我也不是很了解那個『禮物』的來歷，也沒有刻意去問。只要沒問他的話，阿拓是不會主動說出來的。」

知磨感到相當驚訝，竟然有連日高都不知道的事。不過，只要想一想就能明白。畢竟每個人不單單只活在當下，理所當然地，阿拓也會擁有和知磨相遇之前、不為人知的過去。同樣地，知磨的過去對阿拓來說也是如此。

「這樣啊，有點意外呢。」

知磨的腦海裡浮現的是兩週前見到的女子，她臉上那抹意味深長的微笑。知磨像是為了驅散腦海中的畫面而抬起頭，此時，日高露出溫柔的笑容望向她。

「那是在還沒有禮物交換單時的事了。阿拓雖然把那支錶擺在置物架上，但至今仍沒有收下任何禮物。所以，那個『禮物』還算是阿拓的所有物。」

「那麼，如果是阿拓自己從置物架上拿走那支錶的話——」

「也不奇怪呢。」

日高不明不白的措詞讓知磨感到困惑。

「奇怪……話說回來，阿拓人呢？」

「應該在廚房裡吧，怎麼了？」

「沒什麼……只是最近店裡不忙的時候，好像也沒看到阿拓在吧檯邊寫稿的樣子……」

這是最近讓知磨在意的事。

「不過，前陣子他才剛跟編輯談過不是嗎？或許現在是醞釀靈感的時期也說不定！」

或許正如日高所說吧。知磨決定相信這個說法。

這時，門鈴聲響起。出現在門口的是露出爽朗笑容的神崎先生。

「喲，我來休息了！」

「歡迎光臨。」

關於阿拓的話題本來應該就此告一個段落。

但以往來到店裡總是相當期待著六分儀特調和今日推薦甜點的神崎先生，卻忽然沒頭沒腦地這麼說道：

「吶，知磨……聽說小拓那傢伙不當作家啦？是真的嗎？」

雖然神崎先生刻意壓低了音量，但他依舊是個大嗓門。店裡如此安靜，說不定聲音直直地傳到了廚房。然而，最讓知磨感到震驚的，莫過於他所說的內容。

「……神崎先生，您剛剛說了什麼？」

過於出乎意料之外的內容，讓知磨感到不知所措。神崎先生或許是感受到她的茫然，他將咖啡杯擱置到碟子上，急忙補充：

「不、不是啦，因為綾香好像是這麼說的……應該啦，咦？難道我誤會了嗎？」

雖然神崎先生勉強露出僵硬的笑容，知磨卻不知該如何應對。

*

不知不覺已經步入十二月了。街上完全沉浸在聖誕節的氣息中，六分儀咖啡館也精心準備了聖誕節風格的甜點及季節限定的特調咖啡。

期間，阿拓仍然一如既往善盡身為廚師的職責，也很普通地和知磨及日高交談。唯一最大的差別是，再也不曾看到他寫稿的模樣了。至今為止有許多可以寫稿的空閒時間，然而，阿拓卻不再坐在吧檯最右邊的固定座位。

或許，他只是單純決定不在店裡寫稿。知磨明明只要在無意間隨口一問就能知道答案，但她卻遲遲不敢開口。

某個星期日的上午，知磨在前往六分儀咖啡館的途中，經過自由之丘百貨，繞到春川咖啡去露個臉。

美髮師的工作似乎也有休假，綾香穿著圍裙，和阿純感情要好地站在櫃檯內。

「早安，總覺得很久沒在這裡遇到妳了。」

閒話家常了幾句以後，知磨看準空檔，深吸了一口氣問道：

「……那個，綾香。」

看見知磨難以啟齒的模樣，綾香露出了訝異的表情。

「什麼事？怎麼了嗎？」

雖然知磨不想讓事情擴大，但為了解決當務之急，她顧不得阿純也在場，一鼓作氣地說出前幾天神崎先生所說的話。

「……真是的，神崎先生還是那麼大驚小怪。」

綾香將手按在額頭上，仰望著天花板，深深地嘆了一口氣。

「我只是想說，櫻宮老師最近出版新書的時間間隔比之前還久而已，他也未免曲解得太誇張了吧！」

「原來是這樣啊。」

「不過，要是妳這麼擔心的話，直接去問櫻宮老師不就好了。」

知磨一時語塞，勉強擠出了話語。

「是那樣沒有錯啦……」

看見知磨不明不白的態度，綾香垂下肩膀。

「妳太過擔心了吧？」

「說、說得也是呢。」

綾香說得一點也沒錯。

知磨像是要說服自己般頻頻點頭。

「那種事，也不是我們這種外行人可以插嘴的吧？」

知磨抵達六分儀咖啡館換好裝後，一手拿著拖把做開店前的清潔工作，她在門口附近的桌椅座位發現了一個東西。

「這是……客人掉的東西嗎？」

她小心翼翼地拿起一條圍巾，圍巾的材質像是紗一般柔軟，其中的一個角落縫著小小的樹葉裝飾。

這時，日高將門外的掛牌轉向了OPEN那一面後，回到店內，帶著悠然的口吻說道：

「啊，抱歉，那是我的。早上進店裡的時候隨手放在那邊就忘記拿走了。」

「這是店長的？嗯～不愧是店長，真有品味呢。」

知磨將圍巾折疊好後，遞給了日高。阿拓從一旁靠了過來，目不轉睛地盯著圍巾，開口這麼問道：

「這是在『巴塞羅』買的嗎？」

「咦？唔……不曉得，這是別人送給我的。」

「是嗎？」阿拓輕聲說道，並微微地垂下了肩。日高看見這樣的阿拓，換他開口問道：

「那是什麼樣的店？」

「是一間在賣公平交易商品的雜貨小店。」

阿拓拋下這一句話後，便轉身走回廚房。

知磨目送阿拓的背影離去後，突然回想起來。「巴塞羅」是知磨之前誇獎繪美里的耳環時，她所提到的店名。

「店長，那個……公平交易是什麼？」

日高微微地點了點頭，向她說明。

「簡單來說，就是透過貿易來協助開發中國家的人民生活。」

看見知磨百思不解地歪著頭，日高溫柔地笑了。

「比方說，咖啡就是由開發中國家生產，再銷售到已開發國家的農作物……對了，小知妳知道咖啡豆的價格是怎麼決定出來的嗎？」

「不知道。」

「是由遠在大海另一側的紐約商品交易所的期貨合約決定的。也就是說，咖啡豆的價格有可能會受到美國地區投機買賣的影響，而連帶影響到生產國家的出口價格。」

「原來如此……」

「許多開發中國家的咖啡生產業者，經濟收入來源都仰賴種植咖啡。但是，賴以維生的咖啡生豆卻會受到紐約的行情影響而有所變動，他們也因此收入不穩定，無法安心生活。」

「這樣啊……咖啡豆也是農作物的一種，所以生產量也不是固定的吧。」

日高微微一笑。

「沒錯，消費國家的需求量也會有所影響……這時，就產生了一種名為『Fair Trade』的運動，也就是公平交易。透過公平交易能夠保障最低收購價格，生產業者也能夠安心生活，提供更好的商品品質。」

知磨有所領悟地點了點頭，日高又補充說道：

「世界上有一億多的人從事咖啡豆生產業，是石油之外最大型的產業。為了要維持這個產業，環境保護和對生產業者的照顧是很重要的。為了維持咖啡豆的永續發展，也有一種叫做『公平交易咖啡』的商品喔。」

「真是上了一課呢……不過，我有點好奇。店長對於咖啡豆很了解，所以知道這些事是理所當然，但是阿拓怎麼也會知道那間公平交易的雜貨小店呢……」

知磨露出了有些困惑的神情。日高將雙手平放到吧檯上。

「很遺憾，我也不是很清楚。」

這時，門鈴聲響起，今天的第一位客人踏進店裡。

「早安，請問老師在嗎？」

微微朝下的眼鏡反射著光芒，讓人看不清澤木的表情。

不知為何，知磨有種不祥的預感。

這一天，桌椅座位出現了未曾見過的景象。阿拓和澤木的面前只擺著知磨端來的兩杯六分儀特調，桌上既沒有阿拓的筆記型電腦，也沒有原稿或書寫文具。而且，從剛剛開始，兩人就一直沉默不語。

知磨雖是站在吧檯一旁，心裡卻始終在意著那邊的情況。

「老師，進度如何了？」

「抱歉，你能直接講正題嗎？不是為了確認我的進度而特地過來吧。」

阿拓立即擋下澤木試探性的言語。澤木的視線落到了咖啡杯裡的黑色水面上，旋即抬起頭，像是同時在對自己宣告般，緩緩地開口說道：

「……雖然相當地難以啟齒……但《失戀症候群》的續集無法出版了……」

知磨原本沒有打算要聽，也不想要聽，但內容就這樣傳進了她的耳裡。

阿拓沒有回話。

澤木帶著沉痛的表情低下頭，勉強擠出了話語。

「十分抱歉，是我的能力不足，沒有辦法說服總編輯……」

「為什麼你要道歉？」

阿拓平靜地說道。

「我不會說『作品都是由我一個人創作出來』這種沒分寸的話，但出版後的作品所有責任終究還是在寫出故事的作者身上，如果沒有你的幫忙，這部作品甚至不會出版，所以你沒有理由要向我道歉。」

澤木一語不發地盯著阿拓啜飲咖啡的模樣，接著，像是咬牙吐露心聲般揚起了語調。

「我們出版社只是一間名不見經傳的小出版社，沒有什麼知名代表作，上面的主管很堅持說只要不是『穩定暢銷的系列作品』就……」

「以一個掌管整間公司的人來說，這麼做是正確的。」

「……但是我！我還是想讓老師的作品出版啊，雖然銷量很重要，不過如果凡事都只追求銷量的話，這個業界會開始衰退……下一部作品，我一定會讓老師的特色更加……」

澤木離開後的六分儀咖啡館忽然忙碌了起來，客人源源不絕，讓知磨忙得幾乎沒有時間喘息。這一天，三人的休息時間都向後延遲了不少，等到真正告一段落後，竟然已經接近打烊的時間了。

「小知、阿拓，辛苦了……反正也沒有留下來喝酒的客人，今天就提早打烊吧。」

畢竟是星期日的晚上，就依照日高的提議提早準備打烊。清潔完置物架後，知磨把椅子搬到了桌上，她一邊拖地的同時，也一邊尋找向阿拓搭話的時機。阿拓俐落地整理完廚房後，回到了外場。知磨走到正和日高談笑自若的阿拓身旁，握緊了拖把，開口說道：

「那個，阿拓。」

聽見知磨的聲音，阿拓帶著些許疑惑的神情看向知磨。

「什麼事？」

「抱歉，那個……我早上聽見了澤木先生說的話……」

知磨像是在觀察他的反應抬頭望著阿拓。接著，她一鼓作氣地開口問道：

「……《失戀症候群》不出續集了嗎？」

「如妳聽見的，沒有理由要出一本『市場不需要的書』。」

阿拓簡短地說完後，垂下肩膀轉過身。知磨連忙開口說道：

「怎麼會？這次新書的劇情有著延續到下一集的張力，一定有很多讀者期待著續集。」

「雖然很感謝讀者，但拿不出好看的銷售量，是做不成生意的。既然如此，乾脆就此收手。無論是判定成敗或是撤退與否，都是越快做出決定越好，畢竟這可不是兒戲。」

「這我明白……只是……」

知磨支支吾吾地接著說：

「我認為有很多不見得會暢銷，卻是能深深撼動人心的好作品。我覺得《失戀症候群》就是這樣的作品，況且，角色都陸陸續續登場了，故事才正要展開——」

然而，阿拓緩緩地擋下她的話語。

「大勢已定了。」

阿拓背向啞口無言的知磨，平靜地說道。

「出版社不可能出版賣不出去的書，沒有讀者想看的小說就沒有任何意義，就算出版了這種書也沒有任何助益吧？」

微弱的爵士樂音調從忘記關的廣播電台頻道傳來，知磨凝視著阿拓的背影，自然而然地湧上疑問。

「什麼才是『有助益』的小說？」

「……誰曉得，我也不知道。」

兩人之間陷入了短暫的沉默。

「阿拓，你有點不太對勁呀。平時的你明明不會把『沒意義』、『沒助益』或『失敗』這種詞掛在嘴邊啊……好不像你。」

「妳沒頭沒腦地在說什麼。」

阿拓微微扭過了頭，看著知磨。知磨抬頭對上那雙眼眸時，忽然感到一陣畏懼。為了掩飾內心的動搖，她帶著連自己也不甚明白的玩笑口吻脫口而出。

「阿拓你不會是想放棄寫小說吧？」

她內心期待著阿拓會馬上否定，甚至是對她發火。

所以，當沉默不語的阿拓緩緩地轉過身時，知磨感到背脊一涼而微微顫抖。

「就算放棄又怎麼樣。」

知磨不禁語塞。

「我要不要繼續寫小說，跟妳一點關係也沒有。」

這句話，冷酷地將她拒於門外。知磨不禁低下頭深思，經過了短暫的沉默後，勉強擠出了話語：

「……有……關係……」

但是這句呢喃似乎並沒有傳進阿拓的耳裡。

或許是知磨的異狀讓阿拓感到有些無措，他微微動了動身體。而知磨努力地讓自己保持平靜，抬起了頭。

「你不是曾經說過嗎？『只要還有一點機會，就應該持之以恆地繼續寫下去。』」

知磨無意間拉高音調。當她回過神時，忍不住倒吸了一口氣。然而，阿拓仍然帶著平穩的語氣說道：

「是啊。所以不再被讀者期待的『沒助益』作家，也會自然地被淘汰掉，道理就只是這樣而已。」

知磨想要出聲反駁，想要一如往常地用苛刻的口吻指責他。然而，阿拓實在是和平常差太多，這讓知磨只能夠輕咬著嘴唇。

阿拓沉默了好一會兒後，轉移了視線，這次是真的完全背向了她。

「……我會照著我自己的決定去做，就這樣。」

阿拓的身影消失在休息室的方向，隨後傳來了關門的聲響。他似乎在換完衣服後，直接從後門離開了。

知磨佇立在原地。日高整理著吧檯，並沒有向她搭話。只是，似乎為了顧及她而刻意不關掉廣播電台頻道。

知磨緩緩地重新開始工作，清掃完畢後將用具整理歸位。

當她回到外場時，日高帶著比平時更加溫柔的嗓音，向她搭話：

「小知喜歡阿拓寫的小說嗎？」

知磨試圖回答，但心頭彷彿被揪住，讓她無法發出聲音。她深呼吸了一口氣，面對日高緩緩地點了點頭。

「在家母剛過世的那段期間，我覺得自己無論在家中或學校都沒有容身之處，只是一股腦兒地看書。但升上高中後，反而突然間就不再看書了。事實上，隨著距離畢業的時刻接近，對於自由之丘這個城鎮的嚮往讓我的心思越來越無法放在周遭的事上。」

知磨打住了話，望向置物架，視線停留在和圓形蛋糕差不多大小的房屋模型上。那份對她來說獨一無二且無可取代的「禮物」，也是她在這裡和重要的人再次重逢的證明。

「決定升學的時候，我刻意選了離這個城鎮近一點的東京都內大學。不過遭到外公、外婆強烈的反對，畢竟他們都是很注重門面的人……或許是希望我能讀家鄉的短期大學，這樣就能夠在他們的掌控範圍內了。」

日高跟著望向房屋模型。

「要說服意志堅定的外公、外婆相當困難……而且，就算我來到了自由之丘，也不見得能夠見到想見的人……那個時期的我真的有點軟弱，甚至還自暴自棄地認為只能乖乖地去報考家鄉的大學……」

知磨深吸了一口氣後，望向日高。

「我就是在那個時候第一次讀到阿拓的作品，當初只是想找一本可以分散注意力、當作消遣的書，於是偶然在書店裡看到……其實我原本想買別本書，但那本書缺貨了。」

要對阿拓保密喔。知磨輕吐著舌頭。

日高則是帶著溫和的神情，靜靜地聽她說。

「我買的是《失戀症候群》的第一集，當時還不像現在有明確的『賣點』，也沒有什麼特別吸引人的設定或故事大綱。老實說，角色的形象很不穩定，也感受得到作者經驗不足。不過……只有一件事深深地擄獲我的心。」

知磨停頓了一會兒後，點頭繼續說：

「閱讀的過程中，我能夠感受到在女主角心底靜靜燃燒的那股能量，不知道為什麼會如此吸引著我。」

如岩漿般滾滾躍動的能量，劇烈地撼動著知磨憧憬「約定之地」的心。不僅如此，不知不覺間「她」在知磨心中有了一席之地，並無時無刻都為知磨的胸口貫注了熾熱的能量。

「多虧了她，我才得以醒悟……在一直以來蘊藏在胸口的這份情感面前，我騙不了自己……

也不想要再繼續瞞騙自己了……」

知磨噓了一口氣。

「我知道這種話說出口就會顯得很廉價，但是……」

接著，宛如靜謐的祈禱般，她輕吐出呢喃。

「那時，對於孤單無助的我來說，阿拓的作品帶給了我活下去的勇氣……是翔子引領著我來到了這座城鎮。」

話一說完，知磨感覺到自己的眼眶和鼻頭湧上一股熱流。當她拚命想要忍住時，才驚覺為時已晚。

日高露出驚訝的神情，知磨則泛著淚水道歉。同時，門鈴聲響起。

走進店裡的人，看見店內的景象愣怔了一會兒後，帶著透澈而優美的嗓音對著日高調侃似地說道：

「我遠道而來，一進門就看見有人在自己的店裡把年輕漂亮的妹妹弄哭了啊，好一個流氓店長。」

眼前出現的人，是將那抹微笑深深烙印在知磨腦海裡揮之不去的女性。

合身的長褲套裝襯托出女子修長的體態，她朝著知磨微微點頭後，開心地說道：

「妳好，妳就是知磨吧？上次沒機會好好打一聲招呼。」

「是、是的。」

知磨慌慌張張地用手帕擦拭眼角，女子帶著溫柔的表情等待她恢復平靜後，繼續說道：

「我是白樂小夜子，我女兒凜平時多虧妳照顧了……話說回來，知磨妳還真是個奇特的人耶，竟然會在這種老是搞不清楚他在想什麼的店長經營的咖啡館工作。」

小夜子指著一旁的日高，露出惋惜的表情。

「咦……咦？」

「不過，妳應該會覺得選了這種人當老公的我，也沒什麼資格說這種話吧。」

知磨睜大了剛拭完淚的雙眼。

「好久沒在晚上到這裡來了……如果不是把孩子們寄放在娘家的話，平時這個時間根本沒辦法一個人悠閒地出門啊。」

眼前這名身材修長的美女小夜子，竟然是日高的前妻。和日高同樣差不多是三十歲的年紀，還是兩個孩子的媽媽，人的年齡果然是不能用外表來判斷。

「啊，那個……我平時都受到店長的照顧了。」

被看見剛才在日高面前流淚的模樣，讓知磨不禁感到惶恐而畏畏縮縮。

「凜好像很喜歡妳呢，每次她都會很開心地說著妳們見面的事。」

「謝、謝謝，那也是凜願意和我做朋友。」

「彼此彼此啦。」

小夜子笑咪咪地說道。這讓知磨回想起凜那無憂無慮的笑容，她的表情不禁也跟著緩和了下來。

小夜子啜飲著日高沖泡的六分儀特調，朝著知磨微微地揚起嘴角。

「冷靜下來了？我可以問嗎……為什麼妳剛剛在哭呢？」

知磨雖然覺得有些害臊，但還是將事情的來龍去脈告訴了小夜子。偶爾日高會替她補充說明，但知磨提及自己那「天大的誤會」時，不只是小夜子，連日高也難得地大笑出聲。

「等一下，知磨！別開玩笑了啦！我怎麼可能會跟阿拓交往啊！」

「抱、抱歉。」

小夜子用指尖拭去眼角的淚水，拚命地忍著笑意。

「噗哈哈，拜託，是那個阿拓耶！那傢伙的精神年齡從二十年前就完全沒成長過啊。」

「……您從很久之前就認識他了嗎？」

「嗯？是啊，不過我沒看過他寫的書……很遺憾，我不太理解那種事。」

知磨回想起日高曾經說過「孩子的媽沒有很喜歡圖畫書」，或許小說對她來說也是不感興趣的東西。小夜子將手肘倚靠在吧檯上，尖尖的下巴抵在交疊的手背上。

「阿拓的骨子裡就是個自戀狂啊，雖然本人不願意承認啦。」

小夜子滿不在乎的口吻讓知磨感到很吃驚。日高溫柔地告訴她：

「我、阿拓和小夜，我們三個人畢業於同一所高中。」

知磨試著想像三人年輕時穿著制服的模樣，不禁萌生像是憧憬般的情感。

「不如告訴她吧，完全不能理解阿拓的工作的小夜是從事什麼樣的工作？」

小夜子不悅地瞪著露出調皮笑容的日高，微微地嘆了一口氣。

「那種事妳想知道嗎？」

「想知道！」

看見知磨興奮的神情，小夜子輕輕地笑了。

「勞動基準監督官。簡單來說，就是厚生勞動省（註2）的職員。」

聽起來是相當有威嚴的職業，小夜子很簡單明瞭地向她說明。根據小夜子的說法，工作內容是檢查、監督、指導各個企業的勞動環境。

「任務就是導正企業的錯誤並保護勞工……所以如果妳有什麼職場上的煩惱，也可以告訴我喔。因為監督官也是特別司法警察，因此可以逮捕惡劣的老闆喔。」

小夜子如此說道，並帶著爽快的笑容望向日高。

「好、好厲害，好帥氣喔！」

聽見知磨發自內心的感想，讓小夜子不由得一征。

「會嗎……？啊，不過，雖然這種事不應該由本人說出口，但我從小唯獨正義感就是比其他人強呢。」

為了維護社會正義而一天到晚辛勤工作的小夜子，能夠稍微放鬆的地方，就是六分儀咖啡館的吧檯邊也說不定。看著小夜子啜飲著日高沖泡的六分儀特調，知磨感受到兩人之間的羈絆。

「其實，阿拓他現在正處於很辛苦的時期。」

日高將阿拓身處的困境告訴小夜子，她一語不發地從頭聽到尾。隨後，像是在慎選措詞般視線游移了一會兒後，帶著冷漠的口吻表達了自己的意見。

「我不否定他的煎熬，但如果他沒有辦法繼續下去的話，也就到此為止了。無論是什麼工作都一樣，要不要朝著目標努力、要不要繼續寫作，能夠做出決定的人只有自己……換句話說，自己能夠做到的也就只有這件事。成果都是之後才會隨之而來的事物，我認為在這種事上鑽牛角尖也於事無補。」

小夜子輕輕地嘆了口氣，接著說道：

註2：負責日本的醫療、社會福利、勞動政策等中央行政機關，勞動基準監督官主要工作為保護勞工權利。

「再說，什麼『沒助益』、『沒意義』的，想這種事要幹嘛，他也太自負了吧……知磨，妳不這麼認為嗎？」

「呃……應該說，為什麼阿拓會突然說出那種話，讓人摸不著頭緒。」

小夜子目不轉睛地凝視回答得雜亂無章的知磨，隨後將白瓷製的咖啡杯擺回碟子上，又微微地嘆了一口氣。她像是徵求同意般抬頭望著日高，眼神卻是不容分說的堅定。日高也像是允諾般露出苦笑，並微微點了點頭。

徵求日高的同意後，小夜子轉向知磨，露出了溫柔的表情。

「不行喔，知磨，妳不能被阿拓那樣的小孩子耍得團團轉。」

「咦？呃……」

「上次我在這裡遇見妳的時候，其實是來交給阿拓某樣東西。不過，那也不是非得親自送過來的東西，郵寄給他也行啦。」

聽完這一番話，知磨的腦海裡第一個浮現的是，那天阿拓悄悄地將手中的明信片翻面，擱置在吧檯上的景象。

「因為凜平時都受到妳的照顧，而且我也挺喜歡妳的，所以就讓我『多說』一點吧……如果妳不想繼續聽下去，隨時都可以打斷我。」

無視知磨露出的困惑神色，小夜子緩緩地開口說：

「我的好友裡，有一位叫做等等力陽咲的女性。」

小夜子帶著耐人尋味的視線望向知磨。知磨對上她的視線後，感到自己的心跳開始加速。

「或許是在一些小細節很合得來的關係吧，我們從以前感情就很好，就算到了這個年紀，彼此還是有往來。只不過，應該說是人生觀嗎？只有這一點完全不同，無論是以前還是現在，我都完全無法理解。」

知磨沒有開口說話，屏住了氣息。

「陽咲從以前就是個凡事都以自己的價值觀看待的人，尤其她對於『獨立自主』或『成功』這些字詞有著異於常人的熱忱，或說是已經近乎於執著的地步了，渴望被他人認同的欲望也比一般人高。」

小夜子打住了話，微微一笑。

「在她心中『對社會有助益的事』就是一切，除此之外的事都毫無意義，跟我是完全相反的人呢。因為人根本沒有辦法獨自存活啊，只要活著就會給他人添麻煩，反過來說，有時候還會在無意間拯救他人……我認為單方面地想要做出『對社會有助益的事』只是自我滿足罷了，這種自負簡直荒謬至極。」

以客觀的角度來看，小夜子毫無疑問地是從事著「對社會有助益」的工作，從她口中說出這番話顯得特別沉重。知磨幾乎是聽得出神，當她回過神來時，發現了一件事。

那位名為陽咲的女子的人生觀，和阿拓之前說出口的那些「不像他」的發言有些相似，也就是說——

小夜子從知磨的表情變化察覺出她的心裡已經有了某種猜想。她刻意地以更緩慢的口吻如此說道：

「簡單來說，陽咲和阿拓曾經交往過……大概是大學的時候吧？只不過，把她介紹給阿拓的是我就是了。」

這時，小夜子打住了話，目不轉睛地觀察著知磨的表情。知磨意會到她是在向自己徵求同意，想知道是否能夠繼續說下去。知磨盡可能地不讓內心些許的動搖表露於臉上，雙手緊握於胸前，緩緩地點了點頭。小夜子看著她的舉動，露出笑容後，繼續說道：

「不過，因為陽咲是那種個性的人，所以她在畢業後也為了追求『成功』輾轉換了好幾份工作，現在似乎是在國外工作。然後，最近她寄了明信片過來，說是『在當地創立了自己的公司』……這樣就算了，但不知道為什麼她總共寄了兩張明信片給我，後來才知道另一張是要委託我轉交給阿拓。」

小夜子凝視著知磨的表情，露出了微笑。

「超莫名其妙的吧？要向前男友報告近況，自己去報告不就得了，結果她竟然瀟灑地寫著『我們不知道彼此的聯絡方式』。」

話說到此，小夜子像是宣告著「故事」結束般，突然改變了語氣。
「對了，知磨妳知道阿拓為什麼選擇成為作家嗎？」
「呃……不，我不知道。」
「這樣呀，其實我也不是很清楚……不過，那傢伙有時候很頑固呢，雖然他本人或許認為那是『正直』或『義氣』也說不定。」
最後這番話帶著什麼含意，小夜子又是抱持著什麼樣的想法將這段「故事」告訴自己。雖然知磨並不是完全不知道，但還是猜不透她的本意。
就算對陽咲的事情追根究柢，小夜子也不見得會全盤告訴她。就算小夜子願意告訴她，她知道這些事又能做什麼？自己又想做什麼？
知磨尚未釐清自己的想法，只好露出了含糊的微笑。小夜子告訴了她若是只有自己一人絕對沒有機會知道的視角，這是不爭的事實。光是這樣，知磨就對她抱持感謝之意了。
知磨微微地吸一口氣後，向小夜子低下了頭。
「那個……非常謝謝您，我很高興能夠跟小夜子小姐聊天。」
「彼此彼此，我也很高興喔。」
「我差不多要去搭電車，那就先離開了。」
「哎呀，真抱歉，把妳留到這麼晚。」

知磨在休息室換完衣服後，客氣地和日高及小夜子打完招呼，離開了店裡。

她漫步在星空下，腦海裡浮現出許多想法，關於阿拓的小說、置物架上的那支錶，還有那位名為等等力陽咲的女性……

知磨下意識地將手貼上了胸口，彷彿在確認心中留給「她」的那個位置有沒有因此消失。

「我到底……想要怎麼做呢？」

她仰望夜空的星辰如此問著自己。

答案如繁星般眾多，從中挑選其中一個，對她來說那就是「唯一的答案」。

知磨望著閃爍的星空思索著，平靜地用力點了點頭。

*

和澤木的會面是過了一週後的平日上午。

「抱歉，突然這樣麻煩您。」

知磨向現身在御茶水車站驗票口前的澤木低下頭，如此說道。

「千萬別這麼說，能夠和吉川小姐這樣的美人出來喝杯茶，我當然是樂意奉陪啦。」

雖然澤木的行為舉止都不失以往的紳士風度，但臉上隱約看得見些許的疲憊。

「您的工作不要緊嗎？」

「啊，不用擔心。我們編輯部大多都是下午過後才進公司。」

一問之下才得知，澤木昨晚似乎在公司待到了凌晨三點。在那樣的情況下，他還是在今天上班前特意抽空和知磨見面。

「吉川小姐呢？之後要去六分儀打工嗎？話說回來今天是平日呢，大學放假嗎？」

「不……不是的，今天……學校那邊……」

知磨帶著含糊不清的言詞露出苦笑，簡單來說，她不惜蹺掉學校的課，也想要盡快和澤木見到面。

「這樣啊，那我們就近找一間……」

在澤木的引領下，他們來到了一間小巧而舒適的咖啡館。

他們面對面坐下後點了餐，先是閒話家常了幾句舒緩緊張的氣氛。等到他們點的飲品送上桌時，知磨下定決心，緩緩地開口說道：

「那個，澤木先生……我可以問您一件事嗎？」

澤木用眼神允諾了她，他的表情彷彿早已徹底看穿知磨接下來要說的話。

「是有關阿拓的事。」

澤木靜靜地打斷知磨的話。

「那是我的責任，我沒能夠說服總編輯。」

知磨為了讓自己平靜下來，喝了一口面前溫熱的咖啡拿鐵。然而，這卻只讓她更想念日高沖泡的咖啡。她立刻放下咖啡杯，筆直地望著澤木。

「我認為《失戀症候群》是一部很棒的作品，雖然乍看之下有些平凡，但能夠讓讀者打起精神……我覺得之後的銷量會越來越好，讓故事就此中斷，真的是正確的決定嗎？」

澤木平靜地望著知磨，他的雙眸染上了一抹難以掩飾的悲傷。

當然，知磨很清楚。沒出過社會又完全不了解營業額和收益的自己，竟然向澤木這樣專業的編輯闡述自己的意見，實在是太荒唐了。

畢竟發生這種事，最痛苦的人莫過於澤木自己了。就算他對自己發火，知磨也無話可說。

「當然……不正確，是主管的判斷有誤，而且還錯得離譜。」

然而，澤木卻沒有激動地揚起聲調，而是平靜地如此訴說。

「吉川小姐說得沒錯，櫻宮老師的作品是一部能夠為讀者帶來勇氣的好作品。在這種時候……中途就結束這部作品的話，實在是……」

澤木一時語塞而低下頭，最後帶著恢復鎮定的表情，緩緩地抬起頭。

「但是，從商業面的觀點來看，這個判斷並沒有錯。只要是商品，一切的製作過程全都要建立在『獲利』的原則之上，誰都擺脫不了。如果想從這份苦悶中獲得解放的話，就只能一直當個業餘作家。」

澤木的眼神彷彿訴說著「職業作家就是這麼一回事」。

知磨緩緩地、深切地點了點頭，接著從身旁的包包裡拿出幾疊大小不一的紙，擺到桌上。

「我想把這個交給澤木先生您，雖然量不是很多。」

知磨先拿起一疊較薄的小紙張，遞給了澤木。那些是夾在書裡的明信片問卷，只要填寫對於作品的感想再投寄出去，就能夠藉由編輯部轉交到作家本人手中。同時，這也是編輯部用來判斷作品受歡迎程度的一個指標。

「吉川小姐……這些是？」

澤木露出驚訝的神色，翻過一張又一張的明信片，快速地瀏覽內容。

「我在大學裡沒有太多朋友……所以我到處去問那些喜歡閱讀的同學們，請有看過阿拓作品的人協助填寫問卷……不是有些人就算喜歡作品或作者，也不見得會寫明信片問卷嗎？」

那些同學願意相信知磨的「我認識責任編輯，並能夠親手轉交明信片」這句話，才會將「讀者的聲音」交給了她。

「我把書送給了那些曾經在圖書館借閱過的人，交換條件是他們要幫我填寫明信片問卷……啊，當然，我沒有對半個人說出『《失戀症候群》也許會就此結束』這種話喔。」

接著，知磨拿起另一疊Ａ４大小、有著一定厚度的紙張。

「這些是我在網路上收集了《失戀症候群》的書評後印下來的。」

包含登錄自己讀過作品網站上的書評、網路書店的評價以及個人部落格的感想等，涵蓋了各種管道。

「在澤木先生的眼裡看來，或許不是什麼了不起的資料。但是，據我所知，還是有很多人期待著這部作品的續集。當然，當中也有許多尖酸刻薄的批評……但那些缺點我都已經指責過了，所以就剔除掉！」

唯獨最後一句話，知磨鼓著腮幫子露出氣呼呼的模樣，這讓看著她愣了好一會兒的澤木突然笑出聲來。接著，他帶著溫柔的表情看向收下的紙張。

知磨大大地深呼吸了一口氣，再次朝向澤木說道：

「我不是很了解商業的事情……但請讓身為讀者的我說一句話就好。」

那沉穩的嗓音讓翻閱紙張的澤木停下手邊的動作，看向知磨。

「有這麼多……喜歡阿拓作品的讀者有這麼多喔。」

澤木緩緩地來回望向攤在桌上的「讀者的聲音」。

「請不要讓這部作品就此結束，請讓阿拓……繼續寫下去。」

知磨勉強擠出像是祈求的聲音，閉上雙眼，垂下了頭。

經過了一陣短暫的沉默後，傳來了澤木將紙張擺回桌上的聲響。

「吉川小姐，請抬起頭來……一直以來很謝謝妳。」

知磨不知道突然被道謝的原因，她困惑地抬起頭。

「謝謝妳每次都很認真地閱讀櫻宮老師的作品，並很認真地思考、給予意見……妳是在遵守之前我拜託妳的事嗎？」

「雖然那也是部分的原因，但我只是覺得『這麼做會更好』，就把心裡所想的直接說出口了。若是平常阿拓他一定會很生氣，會叫我這個外行人不要裝得一副什麼都懂的樣子。」

「沒那回事，老師他每次都很認真地檢討吉川小姐提出的建議，開會的時候也會找我商量。我也總是很佩服吉川小姐一針見血的意見。」

接著，澤木帶著感觸良多的表情，凝視著知磨整理出來的紙張。

「真想把這些……也拿給老師看呢。」

「不、不行。要是阿拓知道我擅自做了這種事，他一定會發火。」

看見知磨慌慌張張的模樣，澤木的表情更加溫和了。

「吉川小姐認為《失戀症候群》最大的魅力是什麼呢？」

知磨像是為了要確認總是傳來熾熱能量的「她」的存在，反射性地將手擺到了胸前。

「我覺得……是女主角。如同翔子在不知不覺間讓周遭的角色打起精神似的……一定有很多人讀了阿拓的作品後，又能夠重振精神，得到繼續活下去的勇氣……一定……有的。」

澤木心滿意足地點了點頭，將砂糖倒進濃縮咖啡並攪拌均勻，再細細地品嘗。

「我也是這麼認為，我們的想法一致呢。」

面對澤木溫柔的笑容，知磨不知道該如何以對。她為了掩飾害臊，手伸向了咖啡，兩人就這樣默默地啜飲著面前的咖啡。

「這些寶貴的資料我就心懷感激地收下了，我向妳保證，會用來跟主管交涉……還有，我希望櫻宮老師也能親眼看看這些資料。別擔心，吉川小姐的事我會保密。」

澤木如此說道。他像是珍惜著這些紙張般，慎重地收進了包包裡。

知磨也很明白，「用數據資料來說服主管」這種方式，身為責任編輯一定早就嘗試過了。像知磨這樣的外行人在短時間內收集到的資料能派上多少用場，她也很清楚。

宛如印證了知磨的這個想法似的，澤木臉色一改，正面筆直地凝視著知磨如此宣告：

「吉川小姐，只有一件事我必須先跟妳說清楚。《失戀症候群》被中途腰斬是公司決定的事，跟我個人有沒有放棄完全是兩回事，因此要推翻這個決定相當困難。」

不容質疑的事實被強塞到眼前，知磨似乎產生了世界正在搖晃的錯覺。

知磨幾乎要就此昏厥，而及時將她的意識拉回來的是澤木接下來說的一句話。

「所以……我能拜託妳一件事嗎？」

話題一轉，他的臉上露出苦澀的神情。

「這是身為責任編輯的我做不到的事，或許古川小姐能夠辦到。」

他如此說道後，將某樣東西擺到了桌面上。

和澤木道別後，知磨帶著恍惚的腦袋搭上電車。雖然她現在並不想去學校，但也不想就這樣直接回家。當她回過神時，人已經在自由之丘了。

現在是六分儀咖啡館的營業時間，日高和阿拓應該都在店裡吧。知磨獨自走在巷弄之間，整理著思緒。

「就算我一個人四處奔走……」

終究改變不了任何事。

知磨承受著無力感的折磨，反覆思索澤木的宣言。然而，無論她怎麼思考，都只有「翔子的時間就此停擺」這沉重的事實重擊她的胸口。

她嘆了一口氣，重新揹好肩上的包包。包包裡裝著澤木交給自己的東西，這讓她從剛才開始就一直心神不寧。

她望著雜貨小店的門口，石板路上響起自己的腳步聲。她在自由之丘的街道上漫無目的地徘徊著，不知不覺便走到日落小巷（Sunset Alley），踏進她很喜歡的室內裝飾品店。

知磨沉浸在店內安穩的背景音樂中，望著歐洲進口的香氛蠟燭和衛浴用品。架上整齊疊放著浴袍，那看起來相當舒服的觸感讓知磨不禁伸出了手。這時，旁邊也伸來了另外一隻手，和知磨碰到相同的商品。

知磨「啊」地驚呼一聲後，收回了手。她看向對方的手，膚質佳，指甲也保養得很好。

「妳的品味挺不錯的嘛。」

熟悉的嗓音讓知磨錯愕地抬起頭，原來站在她身旁的人正是遼吾。

「遼吾先生才是，您也常來這間店嗎？」

「算是吧，妳不要跟我說這間店是妳很喜歡的店喔。」

看見知磨露出微笑，遼吾垂下肩膀。

「瞧妳得意的。」

「嘿嘿嘿……」

但聲音卻怎麼樣也使不上力。

雖然知磨像是敷衍般地笑了，但只露出生硬的笑容，這讓遼吾不禁皺起了眉頭。

「妳有點怪怪的，吃壞肚子了嗎？」

「沒有，我非常健康。」

「是嗎……啊，對了。」

他突然帶著耐人尋味的笑容望向知磨。

「吶，妳現在很閒吧？很閒對吧？」

知磨沒有馬上回答。阿拓的事，還有澤木拜託自己的事都還在她的腦海裡載沉載浮。因此，她沒有辦法立刻說出「我一點也不閒」這種話，讓她不得不承認內心還有所迷惘。

「如何？要不要來實現女神祭那時的約定？」

遼吾的眼眸裡充滿著溫柔的光芒如此說道。

傍晚的神田小酒館。

今天繪美里似乎沒有在店裡幫忙。

知磨和遼吾並肩坐在吧檯席，互相為彼此倒酒。

「頂著一張可愛的臉，沒想到竟然是酒豪，妳還真是個到處惹人厭的女人呀。」

遼吾用筷子將點綴著山葵的芝麻豆腐切開，並帶著開玩笑的口吻說道。

平時知磨總是會不服輸地辯駁，但唯獨今天她辦不到。其實，她並沒有如自己想像中已整頓好心情也說不定。光是勉強露出苦笑也讓她費盡力氣。

遼吾沉默不語地啜飲著日本酒，片刻過後，他突然開口問道：

「所以呢？發生什麼事了？」

「咦？呃……」

「如果是我第一次見到的妳，剛才的情況一定會馬上回嘴吧，真沒幹勁。」

「不是啦，那個……該怎麼說才好，總之事情有點複雜，我也還沒有辦法好好地說明自己的心情。」

看見知磨帶著歉意的笑容，遼吾嘆了一口氣，突然開口說道：

「我呀，一直在尋找那位紳士，還去見他了呢。」

「……莫非是『紅茶王子』嗎？那時在女神祭上看到的人。」

遼吾點了點頭，將手肘倚靠在吧檯上，遙望著遠處。

「如何？想聽嗎？」

「想聽，只要您願意說給我聽。」

知磨表示肯定後，遼吾緩緩地開始訴說。

遼吾知道那個人在自由之丘的某間紅茶專賣店工作後，前幾天，他打理好自己，決定去造訪那間滿是女性顧客的店。等待了將近一個小時後，他終於進到店內，被引領到桌椅區的座位坐下。他將排隊期間決定好的餐點告訴了女服務生。

他一邊假裝研究菜單，一邊觀察著紅茶王子，發現紅茶王子似乎會到每個座位去打招呼。他坐立難安地等了好一會兒後，對方終於來到了他面前。

「歡迎光臨。」

看見對方恭敬地向他鞠躬，遼吾緊張得幾乎說不出話。最後，他好不容易露出僵硬的笑容，默默地點頭回禮。

這樣的舉動似乎被對方解讀為「客人希望享有個人寧靜的下午茶時間」，紅茶王子將遼吾點的下午茶套餐送上桌後，僅說了一句「請慢慢享受」，便鞠躬離開了。

原本以為可以做為對話的契機而事前學習的紅茶相關知識，也沒機會派上用場了。對方只不過將自己視為一名「寡言的男性顧客」，遼吾就這樣錯失了和朝思暮想的人交談的機會。

「遼吾先生明明不管面對誰都很健談呢……沒想到在喜歡的人面前竟然會變得這麼含蓄呀。」

知磨聽完這件事，心有所感地說道。

「真的，我也很討厭這樣子呀，在最重要的時刻竟然變得那麼懦弱。」

「不要緊的，遼吾先生是一個……該怎麼說呢，很『率直』的人，之後一定會很順利。」

「我可沒有寄望妳這樣的大小姐來安慰我啊。」

「別這麼說嘛。」

「沒關係，人家可不是那種會輕易放棄的女人呢。」

並肩交談的知磨和遼吾，在別人的眼中看來或許就像是一對情侶也說不定，但事實並非如此。知磨聽完遼吾的話，一點都不覺得奇怪，反而想要替他加油。同時，她也發現自己在不知不覺中變得可以自然交談了。

遼吾早已預料到這種情況，所以才會主動先提起自己的事。

「好，悲劇的戀愛故事到此為止，接下來輪到妳了。」

「呃……那個……該怎麼說才好呢。」

然而，事到如今知磨依然支吾其辭。遼吾深深地嘆了一口氣。

「妳啊，難得的美酒都變難喝了喔！沒關係，妳可以慢慢說，人家最擅長聽人訴苦，而且會好好理解妳的心情。」

遼吾傻眼地想著：「妳在猶豫什麼啊？」面對這樣的遼吾，知磨終於下定決心，慢慢地傾訴她的「煩惱」，關於阿拓的小說一事，也透露了一些澤木拜託她的事。

遼吾偶爾瞄了知磨幾眼，默默地聽到最後。當知磨的話告一段落時，他平靜地開口問道：

「妳希望小拓繼續寫那部作品的續集是吧？」

「是的，雖然《失戀症候群》已經不會出續集了……我也知道沒有辦法推翻出版社做出的決定……」

知磨說完後低下頭，遼吾則垂下了肩膀。

「我是不太清楚問卷和書評的事啦，不過如果是小拓他自己決定要放棄寫作的話，那有什麼差別嗎？」

「……咦？」

知磨錯愕地抬起頭。

「我再問妳一次，妳是希望小拓寫那部作品的續集，讓那個什麼翔子的繼續存在嗎？還是，妳不希望小拓放棄作家這條路？」

「我……希望阿拓能夠繼續寫作。」

「那妳為什麼不直接告訴本人呢？」

遼吾凝視著知磨的雙眼中不帶有任何情感，只是為了確認事實才這麼問。

「……不管我說什麼，都無法傳達給他，他也不會把我的話放在心上。」

知磨不得要領的答案讓遼吾誇張地嘆了一大口氣。

「那麼，小拓對妳來說是什麼？」

「什麼意思？」

「不用隱瞞，把妳的想法老實地說出來。」

知磨沉默了半晌後，微微地低下頭。

「阿拓他曾經說過，他是『站在我這一邊的』……不過，這又是另一段故事了。」

「妳就說看看吧。」

「故事可能會有點長，沒關係嗎？」

遼吾理所當然地點了點頭，知磨簡要地說出自己會在六分儀咖啡館打工的契機，還有她是如何在六分儀裡與重要的人睽違十年後再度重逢。

「面對約定的日子，滿懷的期待、緊張與不安讓我瀕臨崩潰邊緣，這時店長和阿拓告訴我：『我們是站在妳這一邊的。』」

「這不是很好嗎，那妳聽見那番話覺得如何？」

「我覺得很可靠，很令人安心。」

遼吾舉杯飲盡後，輕吐了一口氣：

「所以，妳也想要成為能夠讓小拓依靠的對象嗎？」

知磨支支吾吾地說：「應、應該是吧……應該是那個意思。」

「不行啦，妳這個樣子根本就沒辦法成為任何人的依靠。」

「呃……沒辦法嗎……」

知磨瘦弱的肩膀微微一顫。

遼吾見狀，垂下了眼簾。

「要讓人家說的話，妳不過是個只會考慮自己的人罷了。」

知磨一邊思索遼吾語中的含意，一邊啜飲著日本酒。華麗的香氣撲鼻而來。

她總是在意自己的面子，所以才會對要和阿拓本人當面談談這件事感到猶豫不決吧。

「還有啊，雖然在對方看不見的地方拚命努力是件好事……可是，妳事實上並不是這種類型的人吧？」

「唔……嗯，應該吧。」

「妳心裡在想什麼就要直接當面告訴他啊，況且，對方還是那個懦弱的令人遺憾的殘念系男人喔！」

「遼吾先生和翔吾先生都對阿拓很不客氣呢，你們的感情真好。」

「喂，別想轉移話題，妳明白了嗎？」

「……明白。」

「竟然說我們『很不客氣』，妳才沒資格這麼說呢。」

「抱歉。」

「聽好囉！可不要小看阿拓的遲鈍，想說的話一定要清楚地說出來。如果那傢伙想逃跑，就算是扯著他的脖子，也要說到他明白為止。」

「我、我會努力的。」

遼吾將空空如也的小酒杯放在手掌中把玩，又補上了幾句：

「人家就順便告訴妳一個無趣的普通常識吧……聽好囉！全天下的男人都會對舊情念念不忘，能夠讓他跟舊情一刀兩斷的人，只有與以往有別的嶄新女人。」

「這樣啊。」

「我看妳這樣就知道了，妳從以前一定只是單方面讓蠢男人們迷戀上的那一方，所以從來沒有體會過這種心情吧！哼~真讓人不爽！」

「等、等一下，遼吾先生，冷靜一點……」

「吵死了！妳這美人胚子！一個人獨占可愛的特質，真是罪過！」

「你、你、你在說什麼？」

「人家還要再喝！小龍，快拿酒來！」

片刻過後，龍之介悄悄地從廚房現身，將兩支酒瓶擺到吧檯上後，朝知磨露出了笑容。

在那之後，兩人舉杯飲酒，加點了喜愛的菜色，聊著一些沒意義的話題。這一段令人暢快無比的時間，是知磨在大學的交友圈裡絕對體會不到的寶貴時光。

「妳記得人家在女神祭的時候，曾經說過妳是『會被女孩子排擠的類型』嗎？」

「記得，因為我有點受傷……」

「哎呀，那真抱歉，妳還真是玻璃心呢。」

遼吾笑了一會兒後繼續說：

「那個時候我完全是靠直覺瞎猜的，不過，實際跟妳聊過天，就覺得我沒猜錯呢。」

「是嗎？」

「我不是指外表喔！是指妳『活得很充實』。做不到這件事的傢伙最嫉妒妳這種人了。」

知磨瞬間說不出話。

「根據人家的經驗啊……明明是消極主義者，卻又愛大肆宣揚莫名正義感的麻煩女人。討厭妳的人大概都是以這種類型居多吧？」

知磨反射性地回溯起青春期的記憶，想起過去發生過的幾個案例，不禁讓她露出苦笑。然而，她卻莫名感到有些痛快。

「遼吾先生是在從事什麼工作呢？」

「健美先生。」

「咦！」

遼吾噗嗤一笑。

「人妖酒吧的媽媽桑、安樂椅偵探（註3）、室內設計師，幼稚園老師好像也不錯。」

「這些都是您想嘗試的工作嗎？」

「是呀，想嘗試的事有很多呢，只要有心，什麼事都做得到喔。」

註3：偵探小說塑造出的一種偵探，不需四處奔波，只要憑藉線索就能直接進行推理。

遼吾將一張名片擺到吧檯上如此說道。知磨仔細一看，上面印著日本料理店的名字，地點則是在新宿。

「是師傅喔，跟翔吾不一樣，人家從以前就只鍾情於日式料理。」

「好厲害喔……下次我可以去您的店裡用餐嗎？」

「像妳這種ㄚ頭還早得很呢。」

遼吾的嘴巴上雖然這麼說，臉上卻露出「隨便妳」的表情。知磨感到相當高興，她珍惜地用雙手拿著名片，久違地綻開了滿面笑容。

*

時間步入了十二月下旬。

即使週末走在自由之丘的街道上，也能隱約感受到一股忙碌的氛圍。不曉得是不是她的錯覺，總覺得踏進六分儀咖啡館的客人們乍看之下像是從容地在品味咖啡，但最後總是踩著匆匆的步伐離開。

知磨整理完桌面後，走近吧檯邊。店裡的工作剛好告一段落，日高準備了幾款烘焙完的咖啡豆，正在嘗試特調豆的比例。

「最近阿拓完全不來這個位置了呢。」

日高的視線望向吧檯最右邊的阿拓的固定座位。知磨微微地點了點頭。

「小知妳怎麼看待這件事？」

看見知磨浮現了疑惑的表情，日高又補上一句：

「阿拓會不會真的就這樣放棄寫作呢？」

「我不知道……但是，他本人也說了，那是他自己決定的事。」

現在輪到阿拓休息，他走進了休息室。他總是習慣在休息時間戴著耳機聽音樂，雖然知磨知道沒有這個必要，但她還是刻意壓低了音量。

「其實，我向繪美里打聽了。」

日高將咖啡豆倒進玻璃容器中，發出了咖啡豆相互碰撞的輕脆聲響。

「就是前陣子阿拓提到的，那間進行公平交易、名為巴塞羅的店。」

知磨完全不明白為什麼日高要突然提起這個話題，愣了一會兒。日高在吧檯內從容地準備沖泡咖啡，他將濾杯裝到咖啡壺上，把剛才調合過的咖啡豆倒進電動磨豆機中，再將磨好的咖啡粉倒進濾紙。知磨望著眼前銅製熱水壺流出細長的水柱，雖然她試圖想像日高接下來要說的話，卻是徒勞無功。

「雖然我不曉得阿拓做出了什麼樣的決定，但我對於置物架上的……不，是『曾經』在置物架上的那支手錶有一些想法。這只是我個人的臆測，妳願意聽看看嗎？」

飄揚的咖啡香以日高為中心，引領著六分儀咖啡館的整個氛圍。知磨帶著如夢似幻的神情，凝視玻璃製的咖啡壺沖泡出的特調咖啡，倒入白瓷製的咖啡杯中。接著，日高將咖啡杯端到嘴邊，細細品嘗著剛泡好的咖啡。

「看來謎團已經充分調合過了，我來推敲它的可能性吧。」

「店長，這到底是——」

日高滿足地揚起嘴角，緩緩地開口說道：

「我認為阿拓之所以可以馬上認出那條圍巾是巴塞羅的商品，是因為他早已具備了有關協助開發中國家的公平交易商品的知識。」

知磨點點頭，當時阿拓確實只是輕瞥了一眼就準確地說出店名。那條圍巾上並沒有能夠清楚辨識出店名的標籤，如果是對材質、顏色、特殊設計或花紋等的商品細節有一定的了解，就說得通了。

「依據繪美里的說法，巴塞羅的商品由尼泊爾進口。我的那條圍巾，似乎也是當地的女性為了賺取收入，親手編織而成。」

突然出現的異國地名讓知磨的思考迴路瞬間停止。

「那是一個界於印度和中國西藏自治區之間的國家，北邊有喜瑪拉雅山脈，首都是加德滿都，還有——」

知磨的腦海裡終於浮現出世界地圖，當她大致掌握了地理位置時，日高繼續說了：

「和東京的時差大約是三個小時。」

聽見這一句話，知磨感受到彷彿有電流竄過腦中，想到阿拓換過電池卻仍然慢了三個小時的那支手錶。

「……所以，並不是阿拓沒有調整手錶的時間，而是他刻意調成了加德滿都的時間嗎？」

日高再次將咖啡杯端到嘴邊，露出沉穩的微笑。

「接著，是我薄弱的『假設』……大學畢業以後，陽咲為了追求『成功』輾轉換了好幾份工作後，飛到了國外。然後，她在尼泊爾當地的生產相關工作上看見了可能性。」

「也就是說，陽咲小姐的工作是從尼泊爾當地提供商品讓巴塞羅販賣嗎？」

「正確來說是『過去』的工作。現在她在當地創立自己的公司，不知道和巴塞羅之間的關係如何了。不過，不管怎麼說，那都是一份超乎想像的辛苦工作。我對提供當地咖啡豆的過程略知一二，所以很了解這份工作的辛苦。對當地生產者來說，收入攸關一家大小的生活，然而對採購商品的店家來說，必須要時時刻刻考量收支。因此得要在彼此的生活與工作相互交錯而產生的衝突中，找出最適合雙方的解決之道。我認為從事這份工作需要很堅韌的意志力。」

知磨輕輕地閉上雙眼，想像著生活於陌生國度的人們。

「另一方面，對於留在東京繼續寫小說的阿拓來說，時時刻刻顯示著加德滿都時間的那支手錶，或許是在紀念陽咲吧……然而，這時，阿拓收到了明信片，明信片告知著她所追求的『對社會有助益的事』和『成功』。正好從這個時候開始，阿拓就再也不在吧檯邊寫稿了。」

這時，日高將咖啡杯放回碟子上。

「陽咲的工作是親自踏進陌生的國度，接觸當地的人民並協助他們生活，這些事既確實又能獲得成果。但是，寫小說呢？或許阿拓比較了解兩者的不同，在他深思著工作上的成就與成果的期間迷失了方向也說不定。」

從日高平靜的言語中感受到的壓迫感，讓知磨悄然地屏住呼吸。

「在作品的銷量不甚理想的窘境下，如果阿拓寫作的『原因』和『動力』都和他與陽咲的過去息息相關呢？……小知，妳還記得嗎？手錶從置物架上消失的時間點，和阿拓不再寫作的時間點是重疊的。」

「這麼說來，我還不知道手錶消失的原因。」

知磨露出了有些沉悶的表情，日高則微微一笑。

「阿拓將那支手錶放在置物架上的時候，還沒有禮物交換單。不過，如同我之前所說，『禮物』交換的規則早已存在。」

「那麼，阿拓也交換了什麼禮物嗎？」

日高喝了一口咖啡，突如其來地問道：

「小知，我有跟妳聊過『禮物』的英文是什麼嗎？」

「有，店長曾經告訴過我……禮物的英文有『gift』和『present』兩種，而代表著『當下』、『現在』的『present』比較符合六分儀的『禮物』。」

「沒錯，不過，這也是我個人的解讀而已。順帶一提，另一個『gift』代表著『上天賦予的特殊能力』。」

日高微微一笑。

「阿拓將那支手錶擺到置物架上，用『gift』做為等價交換，收下了『編織故事的能力』……妳能理解這樣的說法嗎？」

日高的假設一如往常遠遠超出了知磨的想像。

「反過來說，當阿拓取回那支手錶的時候，就是他將身為作家必備的『天賦（gift）』還給了上天。也就是說，是他自己選擇放棄的。」

「……所以，阿拓真的放棄寫作了嗎……？」

「這一切只是我的假設罷了。」

面對結束推理的日高，知磨平靜地開口說：

「店長之前曾經問過我吧。」

「嗯？」

「問我『喜歡阿拓寫的小說嗎』。」

知磨微微低下頭以致看不清她的表情。日高靜靜地點了點頭。

「那時的我過於混亂而沒有辦法好好表達……但是，如果是現在的話，我就能夠明確地說出口。」

知磨緩慢地抬起頭，臉上的表情像是擺脫了陰霾般神清氣爽。

「阿拓的作品之所以不暢銷，或許是有其原因……但是，我還是喜歡阿拓的小說。尤其是像翔子這般在不知不覺中讓周遭的人打起精神、宛如『太陽』一般的人物。」

日高瞇起雙眼，因為他認為知磨的這一番話和六分儀咖啡館的常客們，對於知磨懷抱的情感相當相似。

接著，知磨有些害臊地說：

「來六分儀面試的時候，我會借用翔子的名字也是出自這個原因……我，非常憧憬翔子。」

日高始終帶著溫柔的笑容望著知磨。

「當然，我也很憧憬阿拓，因為他能夠辦到『從無到有的創作』這種我辦不到的事。所以，我希望阿拓能繼續努力，也希望有更多人看到阿拓的作品……」

知磨話說到最後，音量也越來越小。但是她把心中想說的話全都說了出來，心滿意足地吐出一口氣。

「這樣啊。」

日高帶著一如往常的溫柔表情，只簡短地說了這麼一句話。沒有任何否定，也沒有任何強迫。日高願意默默地聽她訴說的模樣，讓知磨相當感激。

「那個，店長……我有一件事想要拜託你。」

看見知磨露出凝重的表情，日高點了點頭。

這一天，關東地區從早就籠罩在厚厚的雲層之中，而在夜半時分時，悄悄地下起了雪。

*

隔天，星期日。

世界染上了一層雪白。

別說是知磨在東京開始一人生活的這幾年，對這個地區來說，面臨的也是睽違三十年的大雪。從家裡到車站的途中，有部分地段雪深及膝，但多虧了腳上的雨鞋，總算讓她走到了車站。所幸知磨搭乘的私鐵正常行駛，她才能順利地抵達自由之丘。

從站前圓環到主要道路上，眼見之處一片雪白，銀行和超市的員工已經開始在鏟除門口的積雪。知磨選擇走在大馬路上，為了避免滑倒而小心謹慎地踩著步伐，走向六分儀咖啡館。

「小知！妳還好嗎？我有傳簡訊跟妳說今天休假也沒關係……」

知磨拉開了門，還穿著便服的日高帶著吃驚的神色出來迎接她。他將毛巾遞給知磨，並讓她坐在暖爐前。知磨邊道謝邊接過了毛巾，脫下腳上的雨鞋。

「沒關係，電車有正常行駛。」

她從包包裡拿出手機，確實有收到日高的聯繫。但當時光走在積雪的道路上就讓她費盡心力了，完全沒有注意到簡訊。

「沒受傷就好啦……反正這種天氣也不會有客人上門。」

從休息室走出來的阿拓抱著胳膊碎唸道。

「店長和阿拓，你們是怎麼來的？」

「我昨天住在附近的商務旅館。」

「我家的距離用走的就會到。」

阿拓似乎就住在下一站的都立大學車站附近。

知磨看著一臉遲疑的日高和阿拓，再看向了窗外的景色。接著，她突然心情愉悅地從椅子上站起來，神采奕奕地說：

「那麼，我們就先從鏟雪開始吧！」

摻雜著適度的打雪仗並鏟完雪後，六分儀的店門口終於恢復到平時的模樣。架著菜單看板的三角架旁，堆著兩座雪山和三個可愛的小雪人。

完成店裡的開店準備後，最後再用長柄刷將店門口清理乾淨。當知磨將門板的掛牌轉向了OPEN那一面時，正好碰到日高抱著裝有咖啡生豆的木箱，準備前往烘焙室。

「今天的分量應該不用準備太多吧。」

日高笑著說道，並走進了由附屬於這間店的倉庫改造而成的烘焙室。知磨目送著他的背影離去後，微微地嘆了口氣。店裡迴響著廣播電台的古典音樂頻道的音樂聲，溫和地融合著店內的氛圍。阿拓似乎還在廚房裡準備食材，知磨檢查完玻璃杯、濕毛巾及點餐單後，瞄了置物架一眼。

『……對於留在東京繼續寫小說的阿拓來說，時時刻刻顯示著加德滿都時間的那支手錶，或許是在紀念陽咲吧……』

她一邊回想著日高說過的話，一邊凝視曾經擺著錶面有裂痕的那支手錶的空位。那支錶，現在是在什麼地方刻劃著身處異鄉的陽咲度過的時間呢？

知磨像是要擺脫她滿溢而出的思緒般，搖了搖頭後，回到了吧檯邊。接著，當她一一檢查桌椅座位時，阿拓從廚房裡走了出來。從他摘掉廚師帽的模樣看來，應該是準備完食材了吧。然而，他既沒有抱著筆記型電腦，也沒有坐在吧檯最右邊的固定座位。他只是抱著胳膊，倚在廚房的出入口。

「都沒有客人呢。」

或許是因為剛才鏟雪時活動了身體，讓她能夠輕鬆地說出第一句話。

「因為這裡離車站很遠啊。」

知磨察覺阿拓的回應中沒有不耐煩。

之後，他們有一句沒一句地聊著天，直到話題都窮盡，還是沒有客人上門。知磨突然靈光一閃，回過神時，話已經脫口而出：

「阿拓你自己都不泡咖啡嗎？」

阿拓一時露出錯愕的神情，但旋即浮現一如往常的冷笑。

「別說傻話了，那是日高的工作。」

「給客人喝的咖啡當然是要由店長來泡……只是，我突然好想喝看看你泡的咖啡喔。」

「妳這話還真是沒頭沒腦。」

「因為我只是把想到的事情直接說出來而已呀。」

「妳本人有自知之明反而很恐怖。」

短暫的沉默後——

「……所以呢？你不泡給我喝嗎？」

最後，阿拓在百般不情願下接受了知磨的提議。他誇張地長嘆一口氣後，鬆開抱著胳膊的手，走進吧檯內。

「我不能用日高專用的器具，那傢伙很囉嗦的。」

阿拓如此說道，並從吧檯底下的架子裡拿出知磨也從未見過的咖啡壺、濾杯和琺瑯製的熱水壺，用清水沖洗。再用乾布將器具擦乾後，裝上濾紙。他從裝有六分儀特調豆的玻璃櫃中拿出咖啡豆，經過測量，倒進電動磨豆機中。然後將磨製好的咖啡粉倒到濾紙上，再將沸騰的熱水倒入琺瑯製的熱水壺。他舉起熱水壺，暫時停下手邊的動作，看向知磨。

「我話說在前頭，妳可不要太期待我泡的咖啡。」

知磨既不肯定也不否定地露出含糊的笑容。阿拓微微吐了一口氣後，將熱水淋到了咖啡粉上。起初，先經過悶蒸（註4），再慎注細長的水柱。等待第一滴咖啡落下後，再逐漸增加水量。最後，咖啡粉就膨脹出漂亮的弧度。

「好厲害，阿拓也很會泡呢。」

註4：讓咖啡粉吸收熱水並將二氧化碳排出，混合咖啡油脂的咖啡萃取液膨脹後會散發出另一種香氣。

熟悉的六分儀特調散發的香味撲鼻而來，但視線裡捕捉到的不是日高，而是穿著廚師服的阿拓在沖泡咖啡的景象，這讓知磨有種大腦產生錯覺的奇妙感覺。

不久後，裝滿咖啡的白瓷製咖啡杯端到了坐在吧檯席的知磨面前。

「妳要加牛奶和砂糖對吧？」

吧檯上已經備有砂糖罐，所以阿拓接著拿出一個小巧的牛奶壺。

「謝謝，那我就喝囉。」

知磨喝了一口混合了砂糖及牛奶的咖啡，沉浸在餘韻中好一會兒後，露出若有所思的表情。

「好喝……但是好像有點不一樣。」

「就憑妳這個矮冬瓜，少擺出評論家的姿態。」

知磨忽視阿拓的揶揄，思考了一會兒，突然靈光一閃。

「我知道了，因為愛不夠啊。」

「啊！……誰、誰會對妳這種矮冬瓜愛……」

阿拓錯愕地露出慌張的神情，知磨則對他投以冷淡的視線。

「阿拓你在說什麼？我是指對『咖啡』的愛喔。」

兩人之間陷入了一陣令人困窘的沉默。阿拓的嘴一張一合的。

知磨微微地垂下肩膀後，像是要讓心情恢復平靜般，又喝了一口咖啡。

「嗯，不過很好喝喔，至少比起其他店的咖啡要來得好喝。」

「……那是拜日高挑選生豆、烘焙、調合的技術所賜。」

看見阿拓謙虛地將功勞推給日高的模樣，讓知磨的心裡感到一陣騷亂。

「前陣子店長說：『一杯美味的咖啡，必須在包含沖泡在內的所有過程中，巧妙地配合才能做出來。』所以阿拓你應該要更有自信一點。」

阿拓終於露出了微笑，吧檯周圍的氣氛也變得柔和許多。從牆壁的另一側傳來日高開啟了咖啡烘焙機運轉的聲音。

知磨靜靜地將咖啡杯擺回碟子上，筆直地凝視著阿拓的臉，如此說道：

「吶，阿拓，我能告訴你店長對於置物架上的那支手錶的推理嗎？」

阿拓似乎感到相當吃驚，但看見知磨凝重的表情後，像是放棄般點了點頭。

提及東京和加德滿都的時差時，阿拓離開了吧檯內，走向窗邊。知磨繼續陳述的同時，也緩緩地走向他。外面的景色依舊是雪白一片，即使是熊野神社的參拜步道上也看不見任何人影。

「想不到竟然會從妳口中聽見陽咲的名字……日高和小夜子就是愛多嘴……」

阿拓像是感到頭痛般發了幾句牢騷後，望向知磨。

「矮冬瓜，妳說出這些事是打算要做什麼？」

突如其來的提問讓知磨一時語塞。

「妳想和平時一樣向我抱怨嗎？」

阿拓轉過身，雖然他的語氣相當溫和，卻有些尖銳。知磨心中那股想要否認的心情立刻湧上心頭，讓她陷入一陣慌亂。

「不、不是的。」

「那妳為什麼要特地告訴我？」

「那是因為……」

知磨支吾其辭，阿拓似乎要逐漸遠去的錯覺一股腦兒地襲來，讓她被莫名的焦躁感支配。掌控情感，總是沒有想像中的容易。

然而，知磨還是拚命地想要抓緊對方。如果就此放棄的話，什麼也改變不了。知磨微微地深呼吸後，凝視著阿拓的背影。她下定決心正要開口時，阿拓卻搶先了一步說話。

「好吧，如果妳那麼想聽陳年往事，我就說給妳聽吧。」

阿拓帶著有些強硬的口吻說道，並回頭望向了置物架。知磨啞口無言地呆愣在原地。

「……現在回想起來，陽咲她——」

阿拓遙望著遠方，開口說道。

「對我的作品一點興趣也沒有。」

「為什麼這麼說？」

知磨勉強擠出了話語，阿拓俯看她一眼後，接著說道：

「因為她雖然會沒來由地誇獎我，但卻從來沒有指出我的缺點。」

「可是，那樣的話阿拓——」

「誇讚別人是一件很容易的事，但相反地……如果不是像某人一樣認真讀過作品的話，就無法『指出缺點』。」

不顧在一旁支支吾吾的知磨，阿拓緩緩地走向置物架。

「對創作的人來說，被捧上天的感覺很好。所以，我才會什麼都沒想地不做任何努力，甚至沒有察覺這種毫無理由的肯定不可能維持下去。」

接著，阿拓自嘲般地笑了。

「要是妳的話一定會指責我吧，說我是一被誇獎就會得意忘形而怠惰的人。」

「這個嘛……」

知磨不難想像自己說出那些話的模樣，露出了含糊的笑容，眼神四處游移。

「雖然很讓人不爽，但我就是這種人……視野狹隘的我沉浸在自我滿足中持續寫作，結果只是離嶄露頭角之路越來越遠，甚至有好幾年連新人獎的第一次審查都沒有合格。我也沒有老實地找正職工作，只是一邊打工，一邊繼續投稿。」

另一方面，知磨從小夜子口中得知，陽咲則是在大學畢業後，輾轉換了好幾份工作，為了追求「成功」而努力。

「陽咲小姐為什麼……那麼執著於『獨立自主』和『成功』呢？」

知磨帶著有些顧忌的口吻問道。阿拓微微地瞇起雙眼，如此說：

「誰曉得。不過，依據小夜子的說法……陽咲似乎對於她母親那種傳統的賢妻良母類型產生了反感……」

當然，這一定不是全部的因素吧。對於和陽咲素昧平生的知磨來說，只能憑藉著片段的資訊來堆疊出對於她的印象。或許是了解這一點，阿拓又繼續往下說：

「被澤木相中、看見嶄露頭角的一絲希望時，正好是六分儀開幕的那一年。日高來邀請我和他合作，我也才開始在這裡工作……不過，當時的她，心思早已飛到了國外。沒多久，她就離開日本了。」

「……即使如此，阿拓還是為了成為作家而努力呢。」

望著置物架的阿拓將視線緩緩地移回了知磨身上。

「為了回應陽咲小姐的期待而做的那些努力，即使就要失去意義，你也沒有因此半途而廢……那支晚了三個小時的手錶就蘊藏著這股堅韌的想法呢。」

阿拓冷哼了一聲，像是在嘲諷這荒謬的說法。

「那只不過是用來警惕我自己罷了。」

「小夜子小姐曾經說過，阿拓真的是一個……頑固的人呢。」

「……喂，矮冬瓜，給我注意一下妳的措詞。」

阿拓忍不住以平時的口吻回嘴，回過神後，則不悅地抱著胳膊。

「不過，幸虧阿拓是個頑固的人。」

「啊？」

知磨微微一笑。

「如果阿拓沒有成為作家的話，我就不會和翔子相遇了。」

阿拓的視線游移了一會兒，索性撇過頭。

「聽不出來妳這句話是褒還是貶。」

「我是在感謝你喔。」

短暫的沉默過後，知磨再次開口說道：

「阿拓你……想要做『對社會有助益的事』嗎？」

阿拓的表情上浮現了難以掩飾的困惑。

「我試著思考過了，你說的那句『沒助益的作家會自然地被淘汰掉』。」

阿拓動了動身體，露出一抹冷笑說：

「銷售差的東西、做不成生意的東西就沒有意義、也沒用處，所以才會被淘汰，這是這個社會正確的觀念……否則，世界上只會充斥著一堆爛作品。」

「是好作品還是爛作品，由每一位讀者自己決定。」

「就算如此，現在的市場上不需要我這種作家也是不爭的事實。」

阿拓帶著強硬的口吻這麼說。知磨沒有躲避他的視線，緩緩地繼續說道：

「如果你就是在煩惱這個的話……阿拓你一定是誤會了什麼。」

知磨拋出強而有力的話，讓阿拓微微瑟縮了一下。

「你聽了不要生氣……我覺得小說和六分儀的置物架是一樣的。」

「……什麼意思？」

「如果我問你，六分儀的置物架是『對社會有助益，且對大家來說都是必要之物』的話，你能夠充滿自信地回答『是』嗎？」

「我……」

「置物架本身並沒有深切地被誰需要，『禮物』既不是任何人的東西，也有可能是任何人的東西。和『禮物』意想不到的相遇，有可能會改變那個人，甚至有可能會重新改寫了那個人的人生。我們已經在這裡見證過無數次了。」

阿拓似乎還沒有完全掌握知磨想說的話。

「我對於自己在擁有這個置物架的六分儀工作感到很驕傲，因為某個人也許會在這裡邂逅意想不到的希望……而我可以從中稍微幫上一點忙。」

知磨打住了話，用更和緩的口吻繼續說道：

「阿拓的小說也是如此，一定有某個人在偶然拿到書的當下，雖然沒有刻意，卻在不知不覺中獲得了勇氣，得到活下去的力量……一定有的。」

阿拓微微搖曳的眼眸中，充滿著罕見的驚訝神色。知磨察覺到這點，熱切地又說：

「就連我……」

然而，模糊的言詞無法構成更完整的句子，就此煙消雲散。

兩人在沉默之中凝視著彼此，阿拓先撇開了視線，看向窗外。知磨跟著他的視線移動後，從厚厚的雲層中感受到再過不久就要下雪的氛圍。

「吶，阿拓，告訴我。」

知磨的嗓音恢復了平靜。

「你想要寫什麼故事？」

他似乎在挑選措詞，張開口卻欲言又止。他搖了搖頭，接著，像是放棄般地呢喃道：

「如果能夠這麼容易說出來，就不用這麼辛苦了。」

「……也是呢。」

「那是……無法用平淡的言詞表達清楚。不過，我認為……越是刻意想要用言語表達，就會離原本的樣貌越遠。」

知磨低下頭，支吾其辭，但又像是下定決心般抬起了頭。

「對不起，我知道你一定會不開心。」

話一說完，知磨就從圍裙的口袋中拿出了某樣東西。

「我看了這本書。」

阿拓瞬間臉色大變。

那是一本看起來老舊的文庫本，但裝訂又和一般書店裡販賣的書不太相同，封面上寫著《深度烘焙那份心動》。

那是阿拓在高中時自己製作的書。

「我拜託店長把這本書借給我。」

阿拓露出極為不悅的神色。

「看完了這部作品後，我發現了，無論是以前、還是現在的阿拓，作品中都在傳達著一股『誠摯的情感』。」

知磨翻開褪色的封面，目光在字裡行間移動著。阿拓只是目不轉睛地凝視著她，既沒有要上前奪走書，也沒有背過身中斷話題。

他只是靜靜地這麼說：

「我只是……想要抓住光輝。只要有率直又能撼動人心的強烈情感，字裡行間就會流露出光芒。我只是……想用自己的雙手創造出那樣的光芒。」

知磨緩緩地理解阿拓第一次說出口的情感，將他的處女作緊抱在胸前。

她的臉上自然地浮現出溫柔的笑容。

「所以你才會創造了『宛如太陽般』的翔子吧。」

兩人不約而同地將視線移到窗外的廣闊雪景上，陷入了一段漫長的沉默之中。

最後，阿拓輕聲說道：

「我太過執著於陽咲所說的『成功』上了。」

「咦？」

「『銷量不好就沒有意義』、『沒助益的作家就應該乾脆俐落地放棄』……自從收到那張明信片後，我的腦海裡盡是這種愚蠢的想法。」

「阿拓……」

「我一定是感到害怕吧……所以才會渴望有實質的成果。」

阿拓毫無掩飾的純粹情感一點一滴地流露出來。

這時知磨突然覺得他的背影看起來好弱小，當她窺視到阿拓感受到的那股「面對寫作的絕望和無能為力」的瞬間，她終於明白了。

眼前的這個人總是帶著若無其事的表情，獨自一人拚了命地奮鬥。知磨想起了曾經在參拜步道旁見到的樹墩，朝著阿拓跨出一步。

「沒有實質的成果也是理所當然，因為阿拓的作品會偶然地出現在某個人的身邊，就像是置物架上的『禮物』一樣。」

知磨又更靠近了阿拓。

「在漆黑的大海中，遇難的船隻之所以能夠找回前進的方向，是因為有星星的光芒。就算那是顆再怎麼不起眼的星星……」

知磨在佇立於原地的阿拓面前停下腳步，兩人之間的距離伸手可及。

「阿拓你正在創造希望，像是在夜空裡閃爍的星星般的希望。在辦不到這種事的我看來，是非常厲害的事呢。」

兩人之間陷入了目前為止最漫長的沉默，知磨回過神後向後退了半步，像是在掩飾般露出了笑容。

「我還想要看到阿拓的小說，也想讓更多人看到阿拓的小說……所以，從今以後，就算是再怎麼自大、外行的意見，我都會一股腦兒地對你說。」

知磨筆直地望著阿拓。宛如有一陣溫柔的風輕輕拂過，讓阿拓的表情終於放鬆了下來。

「妳還真是一如往常的強勢啊。」

「因為我是最懂阿拓作品的人呀，我是個優秀讀者呢。」

「……哪有人自己這麼說。」

「我不說還有誰會說啊，反正阿拓你是絕對不會認同我的吧？」

「誰曉得呢。」

「從今以後也請讓我指出缺點吧。」

「妳用那麼神清氣爽的表情說這種話，讓我連想抵抗的力氣都沒有了。」

「這正如我所計劃。」

知磨不禁露出笑容，阿拓也終於跟著微微一笑。接著，他像是死心般垂下了肩膀。不知不覺間，他的眼眸裡閃爍著堅韌的光芒。

「為了要讓妳指出缺點，那就得寫出新作品了。」

一瞬間，知磨露出驚訝神色的表情上布滿了喜悅。

「……好！」

「但就算這麼說——」

神色凝重的阿拓將雙手擺在腰際上，瞪著空無一物的前方。

「要寫出能夠出版的作品以外，也得思考關於銷量的現實問題。」

「說、說得也是呢。」

「不過，這些事當然都是我的工作……」

話說到此，阿拓一如往常地露出冷笑，望向知磨。

「如果妳真的是『最懂我作品』的人，就要做好一定的覺悟。」

「包在我身上，我一定會把阿拓打得體無完膚。」

「慢著！妳不要搞錯目的了！」

兩人你一言、我一語後，都露出了笑容。

知磨閉起了雙眼，像是在想著什麼事情般，緩緩地深呼吸一口氣。

她睜開雙眼，抬頭望著阿拓。

「不過……只有一件事你一定要記得。」

接著，她的臉上浮現毫無遮掩的笑容。

「無論阿拓有多麼不情願，我都是站在你這一邊的。」

窗外不知何時開始又飄起了潔白的雪。

現在才發現烘焙機的運轉聲已經停止了。

廣播電台頻道的樂曲突然中斷，只有兩人的店內陷入寂靜。

阿拓的視線筆直地注視知磨抱在胸前的那本自製書籍，輕聲呢喃道：

「喂，矮冬瓜。」

「是。」

「……謝謝妳。」

知磨強忍住心中的那股悸動，一語不發地點了點頭。

「不知不覺間，我竟然忘了重要的事物。」

就在這個時候，隨著門鈴發出的聲響，店門被推開了。

「歡迎光臨！」

知磨嚇得反射性地揚起語調，旋即輕吐出舌頭。

「……啊。」

「真是的，小知和阿拓，你們不會忘了我吧。」

日高露出了苦笑，手中的木箱裡飄來了烘焙完的咖啡豆散發出的香氣。

接近中午後，終於開始有客人上門。偶爾也會出現常客的身影，當營業額達到同一星期的同一時段的一半時，客人也中斷了。日高露出苦笑說「看來今天也只能這樣了」時，知磨挺直腰桿向他說道：

「店長，雖然很突然，但是我想要交換『禮物』。」

「是沒關係，但是妳要交換什麼呢？」

日高微微一愣。

知磨走到了置物架前，帶著熟練的動作解開自己左手腕上細長錶帶的手錶。

「請讓我留下這個。」

曾經擺著時間晚了三個小時且錶面玻璃上有著裂痕的手錶，知磨在那空的位置上留下了自己的手錶。當然，時間是正確顯示著東京的標準時間。

接著，她望向站在廚房的阿拓。

「我有一件事，剛才來不及告訴你。」

阿拓曾將陽咲的手錶留在置物架上，收下了某樣「gift」。當他再次取回手錶時，便歸還了那份「gift」。曾經聽過日高的這個假設的阿拓，露出別於以往的凝重神情。

阿拓既沒有表示同意，也沒有明確地說出反對的話，所以知磨繼續說道：

「我要留下自己的手錶，接收那份『gift』。」

不僅是阿拓，就連日高都驚訝地睜大雙眼。

知磨帶著像是責備的表情和口吻對著阿拓說：

「聽好了，阿拓。六分儀置物架上的『禮物』不是『gift』而是『present』，而『present』代表的是『當下』和『現在』。」

知磨明白阿拓很清楚這些事，因此在這個前提之下，她接著說道：

「我沒有辦法觸及阿拓和陽咲小姐之間的回憶，因為那是只屬於你們兩人的事物……但是，我認為沒有任何人可以改變過去已經發生的事，同樣地，未來即將發生的事也沒有任何人能夠掌控。但只有一件事是很明確的，那就是自己能力所及的事，永遠都是『現在這一刻』。」

話說到此，知磨望向置物架上的手錶。

「雖然只是晚了三個小時，指著『過去』的這個指針，如果能夠因為我的多管閒事而繼續前進就好了。」

「嗯……這不是挺好的嗎，我並不討厭小知這樣多管閒事喔。對吧，阿拓？」

面對笑咪咪的日高，阿拓抱怨了幾句「為什麼要把話題轉到我身上」後，不自然地垂下肩膀。他離開牆邊，走到了吧檯旁。

「沒什麼不好的啊，很像妳這個矮冬瓜會做的事。」

「……阿拓？」

「幹、幹嘛！」

知磨朝著有些畏縮的阿拓露出滿面的笑容。

「你該不會以為我的多管閒事這樣就結束了吧？」

阿拓不禁嚥了一口口水。

知磨將圍裙口袋裡的東西輕輕地擺到了吧檯上。

「做為等價交換而收下的這個『gift』，很遺憾，是我無法運用的美好『禮物』……所以我將那份『禮物』換成了這個『present』送給你，你願意收下嗎？」

那是澤木委託她的東西。

一張某間中堅出版社新開設的部門編輯的名片。

*

在那之後，經過了數個月的時光。

星期六的上午，知磨在前往打工之前，經過自由之丘百貨，繞到了春川咖啡。

「綾香，早安。咦？阿純呢？」

「說是有雜誌要採訪他，真是的，這傢伙越來越大牌了。多虧了他，我還硬是拜託美髮店幫我錯開班表，一大早就在這裡顧店。」

綾香一邊嘆氣，一邊用手指捲著頭髮的尾端。她雖然是在抱怨，但語氣中帶著些許的喜悅和驕傲。

她帶著爽朗的表情從櫃檯內探出了身體。

「聽我說，就是今天了，櫻宮老師的新書發行日！」

知磨點了點頭。

「話說回來，真沒想到是推理小說呢！而且，現在是在完全不一樣的出版社吧？有點出乎我的意料之外！喂，難不成妳早就知道了嗎？」

「咦？沒、沒有啦，應該說是不意外嗎……」

雖然知磨明顯地露出遲疑的神情，但興高采烈的綾香並沒有繼續追問下去。

「啊～好期待喔！我只是看了官方網站上的故事大綱，就覺得好像是很有趣的故事呢。我好想趕快去買新書喔，都怪阿純這個傢伙！」

看見綾香滿心期待的模樣，就連自己也感到很高興，真是不可思議。她們又閒話家常了幾句，知磨就離開了春川咖啡。

阿拓最早待的出版社，出現了不能出續集的危機，然而在知磨的勸說及澤木私底下說服後，阿拓決定在別間出版社推出新作品。

澤木表明了「將作家介紹到競爭對手公司的行為，基本上是不合常理的」，但又說出「……但是我也沒有辦法眼睜睜地看著自家公司抹煞掉老師的才能……」。從他的表情中可以感受到他那堅定的意志。

所以阿拓才在經過了迂迴曲折之後，最終點頭答應。

在新的出版社，阿拓原本也是打算寫以戀愛為主題的小說。然而在企劃案未有進展因而觸礁時，聽從知磨的建議後，中途大大地改變了方向。

雖然是這麼說，但實際上知磨做的事和以往沒有什麼不同，只是把想到的事直截了當地告訴阿拓而已。阿拓似乎是在聽取建議時改變了態度，正因為如此，他才會在完全沒有人料想到的範疇中，讓自己的新書開花結果。

知磨彎進了山坡街，越過熊野神社的鳥居。

她沿著參拜步道踏上了石階梯，在手水舍（註5）清洗了雙手後，前往參拜殿堂。

知磨輕輕地低下頭，投入香油錢，慎重地搖了鈴。行禮兩次，拍手兩次，最後再行了一禮後，她向後退了一步並轉過身。

正當她要邁出步伐時，似乎想起了什麼而佇立在原地。

「……好吧，難得都來了。」

她又轉過身，再次回到香油箱前，合起雙手，輕輕地閉上眼睛，在心底深處平穩地呢喃道：

『希望有更多人能夠和阿拓的小說相遇。』

午餐時段快要結束前的悠然時光。

六分儀咖啡館的吧檯邊坐著八重婆婆。

日高靜靜地將咖啡杯端到她面前。

「這是六分儀特調，請享用。」

八重婆婆充分地沉浸在飄散的香氣中，端起咖啡杯，啜飲了一口。她閉上雙眼，心滿意足地嘆了一口氣。

「日高先生，能請教你一件事嗎？」

「什麼事？」

「沖泡出美味的咖啡有什麼訣竅嗎？」

日高帶著溫柔的表情點了點頭。

「從生豆的挑選、烘焙、磨豆，一直到沖泡咖啡，必須要徹底驗證並要求每一項過程。」

「這一杯咖啡裡蘊含著日高先生長年以來累積的努力呢。」

八重婆婆瞇起雙眼，再次將六分儀特調端到了嘴邊。

「不過，除此之外還有更重要的關鍵。」

「……哎呀，是什麼呢？」

註5：神社、寺廟裡設有的淨手池，提供參拜者洗手、漱口的地方。

日高朝著好奇的八重婆婆揚起嘴角後，拿起了他慣用的熱水壺。

「懷抱著對於飲用之人的情感和毫不保留的愛意去面對每一杯咖啡。」

店內響起的古典音樂和咖啡的香氣，將吧檯裡外的氛圍溫和地融合在一起。

「真棒呢。」

「不只是咖啡而已，就連陳列在那邊的『禮物』也是如此……」

日高的目光移向牆邊的置物架上。

「就算從遠處觀望感受不到，但只要站在置物架前和它們面對面，就能夠感受到蘊藏在禮物當中的情感。」

八重婆婆緩緩地點了點頭。

「人與人之間也是如此呢。」

「是的，這個道理雖然極為平凡，卻很容易被遺忘。」

日高打住了話。

「不敷衍了事、誠心誠意地面對對方，一定會得到回應。」

接著，他將熱水壺輕輕放回原處，緩緩地環視著店內。

「無論是一杯咖啡、一盤義大利麵、或是置物架上的『禮物』也無妨，只要能夠讓踏進這間店裡的人們再次想起這個道理……沒有什麼比這更令人開心的事了。」

八重婆婆開心地露出微笑。

「在我身邊就有一間這麼棒的店，我真是幸福啊。」

這時，門鈴聲響起，春風吹進了店內。

「你們回來啦。」

回到店裡的知磨舉起書店的袋子，開心地露出笑容。

「店長，謝謝你，我買到了……啊，八重婆婆，歡迎光臨！」

「妳好，我來打擾了……哎呀，小拓你這是怎麼了？一臉疲憊的樣子。」

阿拓接著走進店內反手闔上了門後，誇張地長嘆一口氣。

「……真是的，為什麼我非得陪妳去買東西不可……而且還是在休息時間……」

「我可沒有拜託你喔！阿拓只是不忍心拒絕你親愛店長的好意而已。」

知磨利用中午的休息時間前往車站前的書店，購買阿拓的新書。當然，阿拓並沒有要去的打算，但在日高的半哄半騙下，最後還是陪同前往。

「我都說了多少次了，我這裡有樣書啊。」

「我都說了，我是一定要自己買的類型呀……而且，果然還是想看看新書擺放在書店裡的樣子嘛。」

「對啊，阿拓，你也覺得還好有去一趟對吧？」

看見日高開心地說道，阿拓露出了忿忿不平的表情。

「……託你的福，我有種自己遭到暗算的感覺。」

知磨看見阿拓消沉的模樣，興高采烈地說道：

「對了、對了！店員說『現在很關注櫻宮弓弦這位作家』，所以我就趁機宣傳，告訴他們接下來老師一定會不斷地推出新書。」

日高來回看向知磨神清氣爽的笑容和阿拓陰沉得看不見的表情，想像著兩人在書店裡的對話後，露出了微笑。

阿拓瞪了知磨一眼後，將手中的盒子放到吧檯上。日高收下了盒子。

「這是？」

「店家只有賣四個裝的，所以連婆婆的份都有。」

「La Mille剛出爐的泡芙，因為還沒賣光就趁機買了。」

知磨開心地說道。

「所以你們還繞到了綠街囉？」

「對呀，花朵盛開的樣子真的很美。」

知磨笑容滿面地說道。一旁的日高露出驚奇的表情，拈起盒子上的某個東西。

「哎呀，這真是個美好的小禮物呢。」

八重婆婆看向日高的掌心，微微一笑。

日高的掌心中有著一片滿載著柔和春天氣息的櫻花花瓣。

「多虧了小知和阿拓，春天的腳步也踏進了六分儀呢。」

這裡是位於東京自由之丘的六分儀咖啡館。

是個可以讓迷惘的人在這裡重新確認方向的地方。

是個溫柔地讓你回想起無可取代的重要事物，還有永遠站在自己這一邊的夥伴的地方。

最後——

這也是個由置物架上的「禮物」們將人與人的心相繫在一起的地方。

後記

大家好，我是中村一。非常感謝您購買本書。

《自由之丘六分儀咖啡館》第二集能順利出版也讓我安心了不少。東京自由之丘的某間咖啡館裡，今天大學女生和咖啡館店長應該也正在和樂融融地戲弄著「傲懦」的三十歲輕熟男（廚師兼作家）吧。

看過第一集的讀者們應該有注意到，這次的章節數有點奇妙。其實因為種種因素，有一章節的故事本來幾乎已經完成了，卻沒有機會安排在這一集裡。（我和我的編輯將這章稱為「夢幻的第二章」）

順帶一提，夢幻的第二章預定會安排在六分儀咖啡館系列的第三集，我現在正在拚命地改稿當中。令人好奇的紅茶王子也會登場，敬請期待。

雖然我曾經在上一集的後記裡寫下「以往的作品都是以十多歲的年輕人為主角，因此費了不少功夫」，但其實我在同時撰寫中的另一部作品裡，還是沒有記取教訓地又再度面對著年輕人。

來往於十幾歲和三十幾歲之間，對我來說像是在穿越時空般的有趣，但偶爾也會發生差點搞混兩個世界的情況……說是這麼說，但這也是創作的有趣之處也說不定。腦海裡的小宇宙同行進行著複數的平行世界，能夠自由自在地和登場角色們嬉戲。不過，創作也並非全然都是開心的事，有時他們會很不聽話，應該說本來就不懂他們到底在想什麼。頁數不時會停滯不前，但有時候又會洋洋灑灑地寫了太多頁，或是完全偏離了原本預想的劇情……

……呼。

我有點感到頭暈目眩了，這個話題就到此為止吧。

最後，我要特別感謝不厭其煩地多次和我一起修改原稿的湯淺編輯、鈴木編輯，以及這次也提供了漂亮插圖的vient老師，還有一路支持著我寫作的妻子和孩子。最後，還有購買本書的所有讀者們。

特此致上我最深的謝意，非常謝謝各位。

二〇一五年二月　　中村　一

這個世界上，有很多東西雖然眼睛看不見，
卻很重要——

七彩香氛 ~聆聽香味訴說的祕密~

淺葉なつ／著　許金玉／譯

秋山結月擁有與小狗一樣靈敏的嗅覺，但這項能力從來只運用來大啖美食。然而某天，循咖啡香而來的她，遇見的不是咖啡，而是精通古今中外香味的香道本家繼承人——神門千尋。為了解開人們寄託予香味中的各種心思，他們以鼻代耳，傾聽香氣隱約發出的聲音，而香氣遠比任何事物都還熱絡地訴說著祕密⋯⋯

輕文學 Light Literature

世界上只要有一個人願意愛著自己，
或許人就會因此得到救贖。

不哭不哭，痛痛飛走吧

三秋 縋／著　邱鍾仁／譯

在二十二歲那年的秋天，孑然一身的我撞死了一個女生，成了殺人犯——本來應該是這樣。但被我殺死的少女將死亡的瞬間「延後」，藉此多獲得了十天的時間。她決心將這寶貴的十天，用來報復糟蹋她人生的那些人，當然，做為殺了她的代價，我必須協助她復仇。而在一次次的復仇當中，我們不知不覺地接近了真相……

定價：NT$340/HK$105

輕文學
Light Literature

鼓笛聲響，橙色燈籠的暈黃火光下，
妖異又美麗的妖怪拉糖舖，悄然開張——

妖怪拉糖舖奇譚

紅玉いづき / 著　李逸凡 / 譯

神社一角，有間由兩名青年經營的拉糖舖。看似普通的懷舊攤販，卻是世上罕見的妖怪拉糖舖。他們依據附在人身上的妖怪之像製成妖怪糖，賦予無形的事物有形的模樣，驅走虛無縹緲的妖怪。但是，縱使他們能驅離他人身上的妖怪，卻無法驅走進駐自己心中之妖……

定價：NT$250/HK$75

輕文學
Light Literature

一則則古都傳奇化為現世故事，
微苦又溫暖人心的圖書館幻想曲——

唐草圖書館來客簿 1~2 ~冥官小野篁與暖春的「無道」們~

仲町六繪／著　蔡雅如／譯

位在京都一隅的「唐草圖書館」，其實是冥界設於人間的結界。實為冥官的館長——小野篁，會在館內翻閱神祕的書籍，引導逗留人間的「無道」前往天道。時逢暖春，與「無道」有緣的人們在因緣際會下紛紛造訪唐草圖書館，甚至連身為小野篁上司的安倍晴明，也來到圖書館向冥官新人的少女傳達新的使命……

定價：各 NT$280~320/HK$85~98

國家圖書館出版品預行編目資料

自由之丘六分儀咖啡館．2：回憶中的香料滋味 / 中村一作；林以庭譯．-- 初版．-- 臺北市：臺灣角川，2015.10

面；　公分．--（角川輕．文學）

譯自：ココロ．ドリップ2：自由が丘、カフェ六分儀で会いましょう

ISBN 978-986-366-734-6(平裝)

861.57　　104016617

輕文學 Light Literature

自由之丘六分儀咖啡館 2 ～回憶中的香料滋味～

原著名＊ココロ・ドリップ 2 ～自由が丘、カフェ六分儀で会いましょう～

作　　者＊中村 一
插　　畫＊vient
譯　　者＊林以庭

2015 年 10 月 8 日　初版第 1 刷發行

發 行 人＊加藤寬之
總 編 輯＊呂慧君
主　　編＊李維莉
文字編輯＊林千裕
資深設計指導＊黃珮君
美術設計＊陳晞叡
印　　務＊李明修（主任）、張加恩、黎宇凡

發 行 所＊台灣角川股份有限公司
地　　址＊105 台北市光復北路 11 巷 44 號 5 樓
電　　話＊（02）2747-2433
傳　　真＊（02）2747-2558
網　　址＊http://www.kadokawa.com.tw
劃撥帳戶＊台灣角川股份有限公司
劃撥帳號＊19487412
製　　版＊尚騰印刷事業有限公司
I S B N＊978-986-366-734-6

香港代理
香港角川有限公司
地　　址＊香港新界葵涌興芳路 223 號新都會廣場第 2 座 17 樓 1701-02A 室
電　　話＊（852）3653-2888

法律顧問＊寰瀛法律事務所